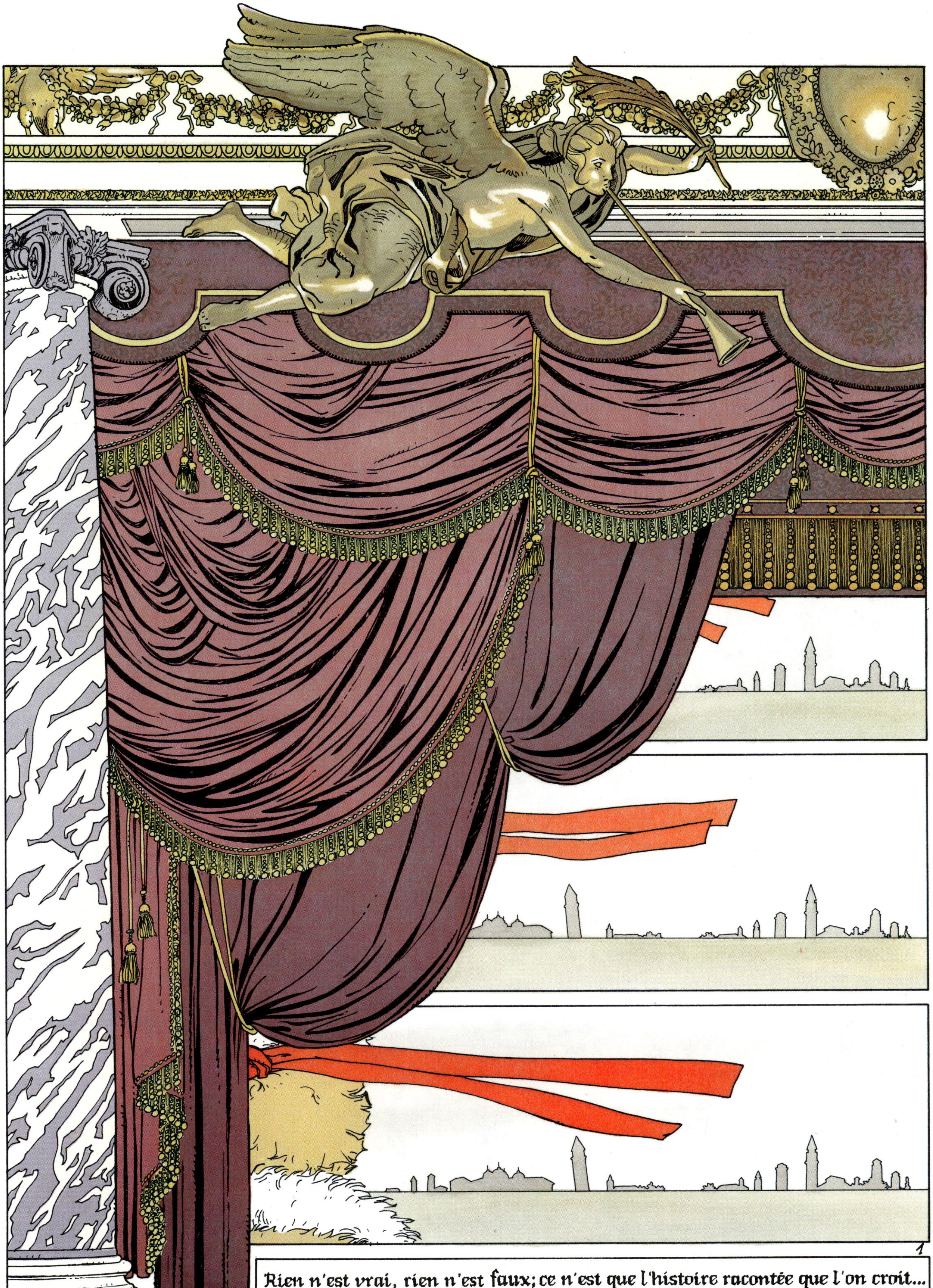
Rien n'est vrai, rien n'est faux; ce n'est que l'histoire racontée que l'on croit...

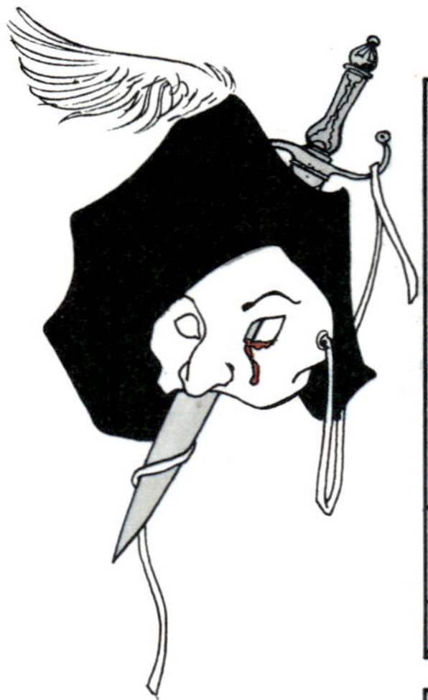

Je suis comme
le temps
Comme l'eau
qui passe
Je suis comme
Satan
Avec moi
trépasse
La vie

Je suis comme
le vent
Comme la pluie
qui tombe
Je suis l'homme
d'Avant
Je mets dans
la tombe
La vie

Je suis comme
l'ami
Comme la main
donnée
Le squelette
ennemi
L'enfant
abandonné
La vie

Je suis
le Passeur
Je ne connais
que mon heure
Que mon heure

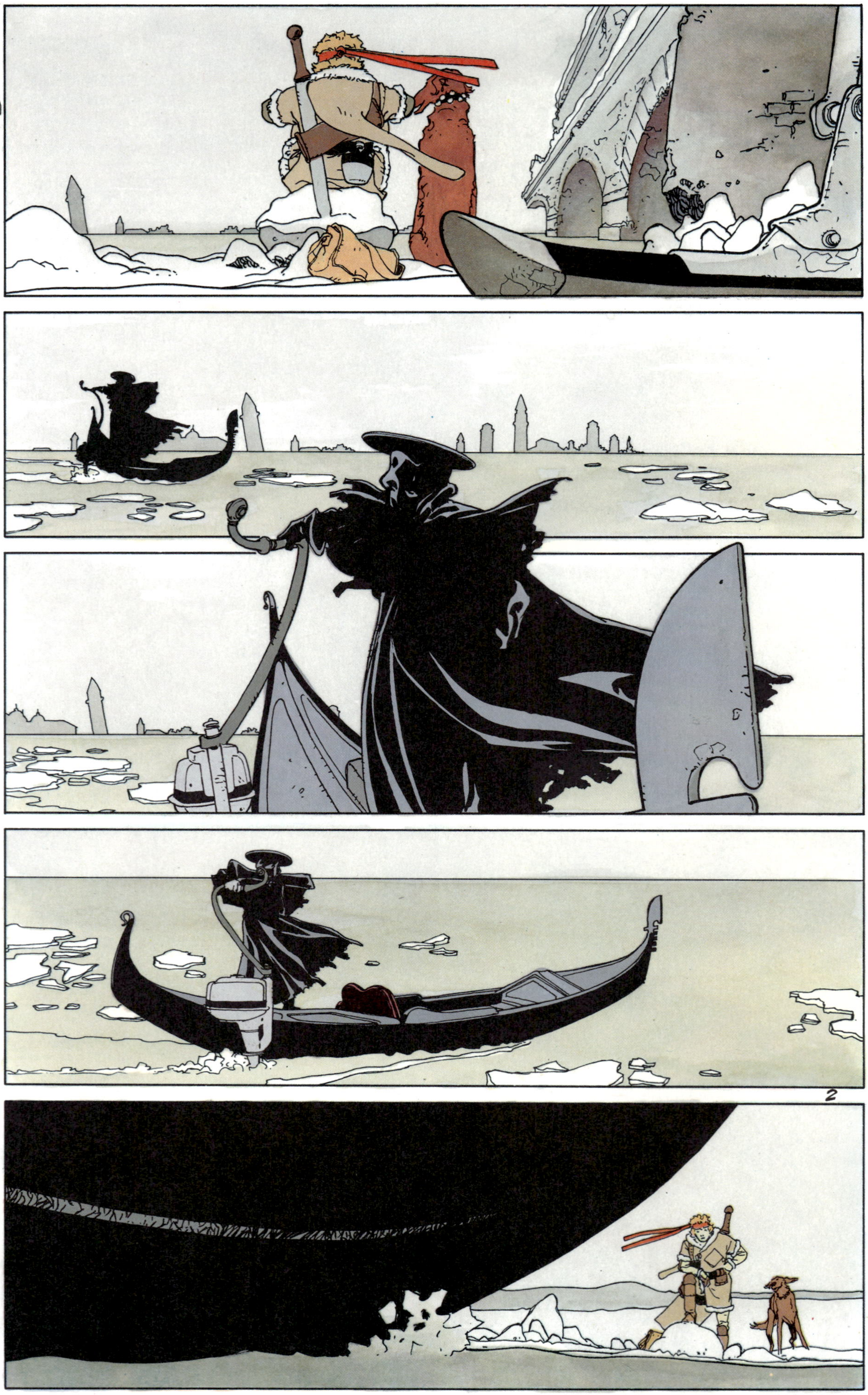

TU ES NEIGE, L'ENVOYÉ DE NORTHMAN ? MONTE... HÂTONS-NOUS DE REJOINDRE VENISE AVANT QUE L'EAU NE SE FIGE !
VIENS, TRACE !
MERCI, L'AMI ! NORTHMAN M'A DIT QUE TU SERAIS À L'HEURE MAIS QUE TU N'ATTENDRAIS PAS ! JE DOIS ME RENDRE AUPRÈS DES CARNAVALIERS...
PEU M'IMPORTE, GARÇON ! JE NE SUIS QUE LE PASSEUR ET JE VEUX IGNORER LE SORT DE CEUX QUE TRANSPORTE MA BARQUE !
Je suis
le Passeur
Je ne connais
que mon heure
Que mon heure
De bonne heure
Celle du malheur
OUI, J'AI ENTENDU AUSSI... LE BRUIT D'UN CANOT ! SANS DOUTE DES CONTREBANDIERS QUI VONT PROFITER DE LA LONGUE NUIT POUR FAIRE DE VILAINES AFFAIRES OU VOLER QUELQUES BELLES FILLES DES DÔMES !
LA LONGUE NUIT ? QU'EST-CE QUE C'EST ?
C'EST LA NUIT DE L'INTERMEZZO... JE REVIENDRAI TE CHERCHER À L'ENDROIT OÙ JE TE DÉPOSERAI TOUT À L'HEURE... JE T'ATTENDRAI AU LENDEMAIN DE L'INTERMEZZO, NEIGE ! MAIS SI TU N'ES PAS LÀ AU COUCHER DU SOLEIL, JE REPARTIRAI !!
LES ÉCHASSIERS ONT DÉJÀ ALLUMÉ LEURS FEUX ! C'EST QU'ON DOIT TRAVAILLER FERME !....
...L'AMOUR AURA ENCORE DE JOLIS MASQUES, CETTE ANNÉE ! VENISE VAUT BIEN UNE NUIT, TU SAIS ! UNE NUIT ARRACHÉE À LA MER...

Intermezzo
livret de Didier CONVARD
costumes et décors: Christian GINE
premier mouvement
L'EAU
COMMENT VAIS-JE ENTRER EN CONTACT AVEC LE DOGE ? OÙ EST LE PALAIS DUCAL ?
C'EST TON PROBLÈME, GARÇON ! SURTOUT, N'OUBLIE PAS... LE LENDEMAIN DE L'INTERMEZZO... AVANT LE COUCHER DU SOLEIL, N'EST-CE PAS ?
DEPUIS DES MOIS, LE TUEUR TRAQUAIT NEIGE ! DANS LA BRUME DE CE PRINTEMPS MOINS FROID QUE D'HABITUDE, IL ÉTAIT TOUJOURS LÀ, COMME UNE OMBRE. COMME UN FANTÔME...
EH BIEN, TRACE, VOILÀ QUI POURRA NOUS INDIQUER NOTRE CHEMIN.
PAR LA MERDAILLE DES CANAUX ! VISEZ L'ÉTRANGER ! LA LONGUE NUIT ATTIRE LES TERRIENS DE SON ESPÈCE !!!
P'T'ÊTRE QU'Y VIENT JUSTE HUMER L'AIR D'LA MER ET DES FILLES DE VENISE, LE VOYAGEUR ?
APPEL AUX 33 ! NEIGE, L'ENVOYÉ DE NORTHMAN EST ARRIVÉ... MAIS DES ÉCHASSIERS RISQUENT DE LUI CHATOUILLER LES CÔTES !

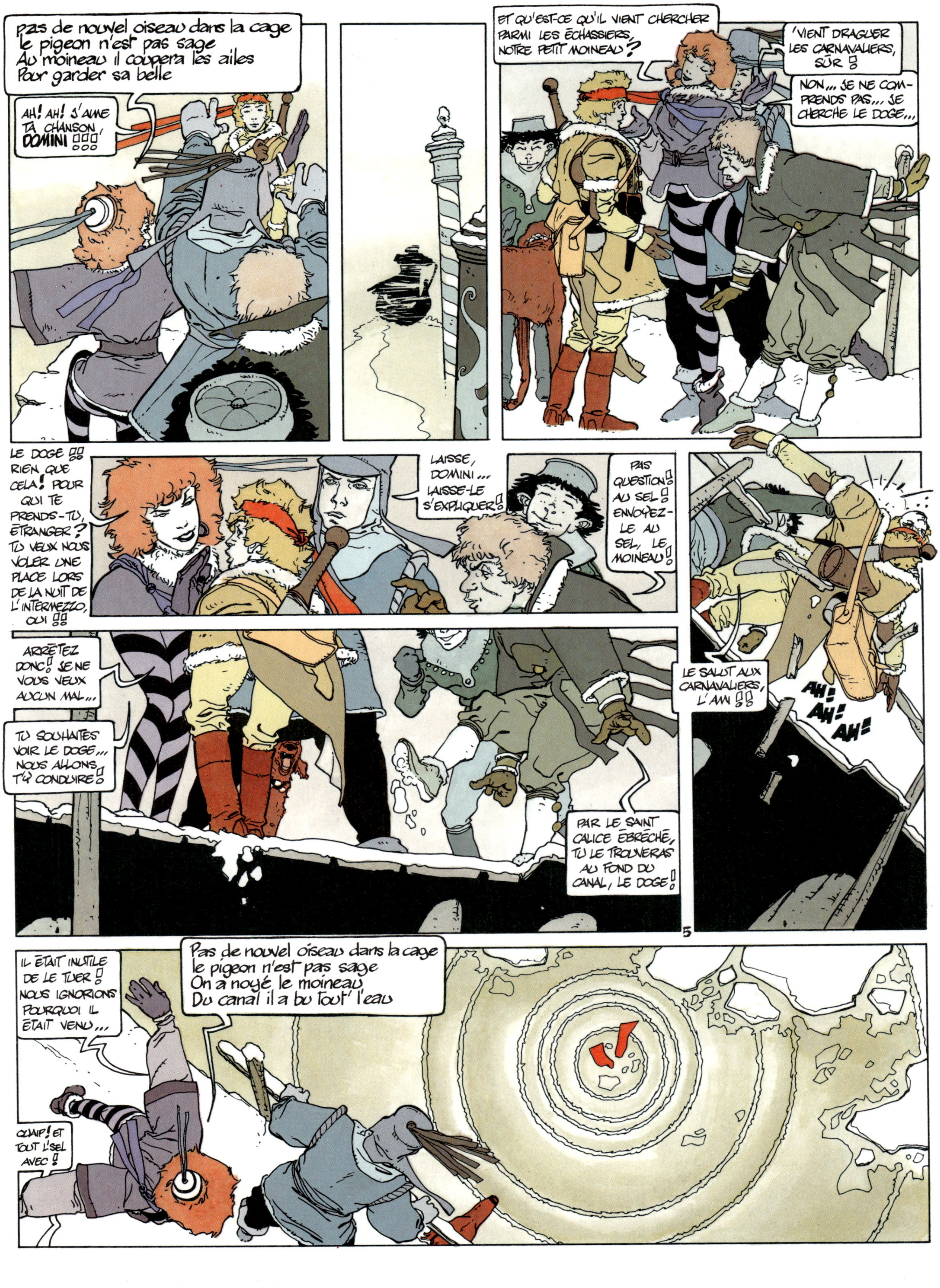
pas de nouvel oiseau dans la cage
le pigeon n'est pas sage
Au moineau il coupera les ailes
Pour garder sa belle
AH! AH! J'AIME TA CHANSON, DOMINI !!!
ET QU'EST-CE QU'IL VIENT CHERCHER PARMI LES ÉCHASSIERS, NOTRE PETIT MOINEAU ?
'VIENT DRAGUER LES CARNAVALIERS, SÛR !
NON... JE NE COMPRENDS PAS... JE CHERCHE LE DOGE...
LE DOGE !! RIEN QUE CELA ! POUR QUI TE PRENDS-TU, ÉTRANGER ? TU VEUX NOUS VOLER UNE PLACE LORS DE LA NUIT DE L'INTERMEZZO, OUI !!
LAISSE, DOMINI... LAISSE-LE S'EXPLIQUER !
PAS QUESTION ! AU SEL ! ENVOYEZ-LE AU SEL, LE MOINEAU !
ARRÊTEZ DONC ! JE NE VOUS VEUX AUCUN MAL...
TU SOUHAITES VOIR LE DOGE... NOUS ALLONS T'Y CONDUIRE !
PAR LE SAINT CALICE ÉBRÉCHÉ, TU LE TROUVERAS AU FOND DU CANAL, LE DOGE !
LE SALUT AUX CARNAVALIERS, L'AMI !!
AH! AH! AH!
Pas de nouvel oiseau dans la cage
le pigeon n'est pas sage
On a noyé le moineau
Du canal il a bu tout' l'eau
IL ÉTAIT INUTILE DE LE TUER ! NOUS IGNORIONS POURQUOI IL ÉTAIT VENU...
OUAIP ! ET TOUT L'SEL AVEC !

L'EAU GELÉE DU CANAL ÉTAIT DÉJÀ COMME UN TOMBEAU....
NORTHMAN LUI AVAIT APPRIS.... COMMENT TENIR QUELQUES MINUTES DANS LE FROID... COMMENT EMPÊCHER LE SANG DE SE FIGER DANS LES VEINES....
COMMENT RETENIR L'OXYGÈNE DANS LES POUMONS ET LE CERVEAU... DÉFENDRE LA MOINDRE CELLULE DE SON CORPS CONTRE L'ATTAQUE DE LA GLACE.
MAIS LA TORPEUR L'ENVAHISSAIT LENTEMENT.... DANS LE SILENCE DE CETTE VILLE NOYÉE, LA MORT APPROCHAIT.
NEIGE SAVAIT QU'IL ALLAIT S'ENDORMIR BIENTÔT. SON COEUR BATTAIT À PEINE ET SA CONSCIENCE S'ESTOMPAIT.
ENCORE QUELQUES DERNIERS BATTEMENTS... QUELQUES SOUVENIRS ÉGARÉS....
ELLE ÉTAIT LÀ. IL LA SAVAIT TOUTE PROCHE... IL ATTENDAIT QU'ELLE LE PRENNE DANS SES BRAS DÉCHARNÉS ET GELÉS.
6

*lire neige tome 1.2.3.

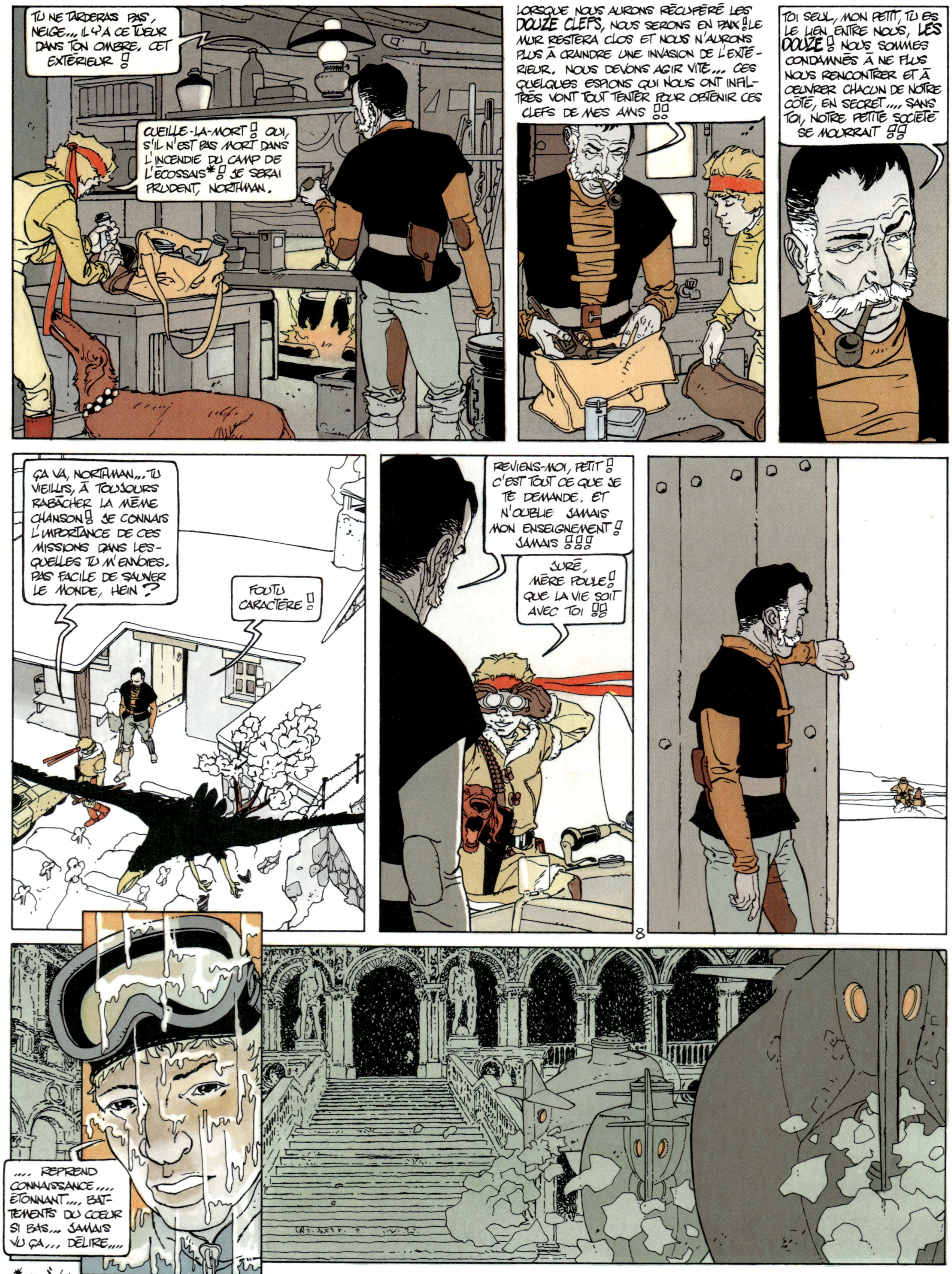

* lire "l'Aube Rouge"

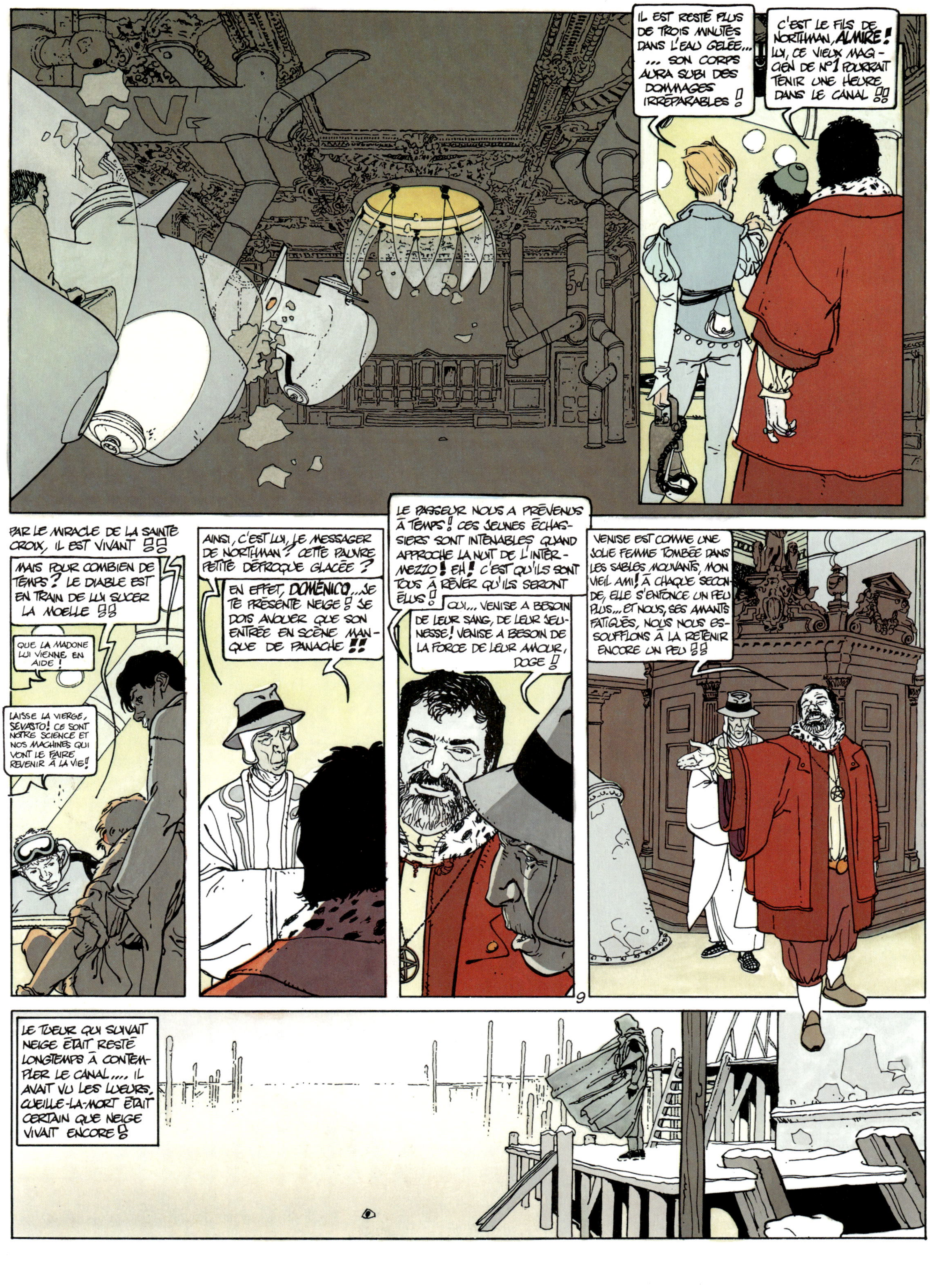
IL EST RESTÉ PLUS DE TROIS MINUTES DANS L'EAU GELÉE... ... SON CORPS AURA SUBI DES DOMMAGES IRRÉPARABLES !
C'EST LE FILS DE NORTHMAN, ALMIRE ! LUI, CE VIEUX MAGICIEN DE Nº1 POURRAIT TENIR UNE HEURE DANS LE CANAL !!
PAR LE MIRACLE DE LA SAINTE CROIX, IL EST VIVANT !!
MAIS POUR COMBIEN DE TEMPS ? LE DIABLE EST EN TRAIN DE LUI SUCER LA MOELLE !!
QUE LA MADONE LUI VIENNE EN AIDE !
LAISSE LA VIERGE, SEVASTO ! CE SONT NOTRE SCIENCE ET NOS MACHINES QUI VONT LE FAIRE REVENIR À LA VIE !
AINSI, C'EST LUI, LE MESSAGER DE NORTHMAN ? CETTE PAUVRE PETITE DÉFROQUE GLACÉE ?
EN EFFET, DOMÉNICO... JE TE PRÉSENTE NEIGE ! JE DOIS AVOUER QUE SON ENTRÉE EN SCÈNE MANQUE DE PANACHE !!
LE PASSEUR NOUS A PRÉVENUS À TEMPS ! CES JEUNES ÉCHASSIERS SONT INTENABLES QUAND APPROCHE LA NUIT DE L'INTERMEZZO ! EH ! C'EST QU'ILS SONT TOUS À RÊVER QU'ILS SERONT ÉLUS !
OUI... VENISE A BESOIN DE LEUR SANG, DE LEUR JEUNESSE ! VENISE A BESOIN DE LA FORCE DE LEUR AMOUR, DOGE !
VENISE EST COMME UNE JOLIE FEMME TOMBÉE DANS LES SABLES MOUVANTS, MON VIEIL AMI ! À CHAQUE SECONDE, ELLE S'ENFONCE UN PEU PLUS... ET NOUS, SES AMANTS FATIGUÉS, NOUS NOUS ESSOUFFLONS À LA RETENIR ENCORE UN PEU !!
LE TUEUR QUI SUIVAIT NEIGE ÉTAIT RESTÉ LONGTEMPS À CONTEMPLER LE CANAL... IL AVAIT VU LES LUEURS. CUEILLE-LA-MORT ÉTAIT CERTAIN QUE NEIGE VIVAIT ENCORE !

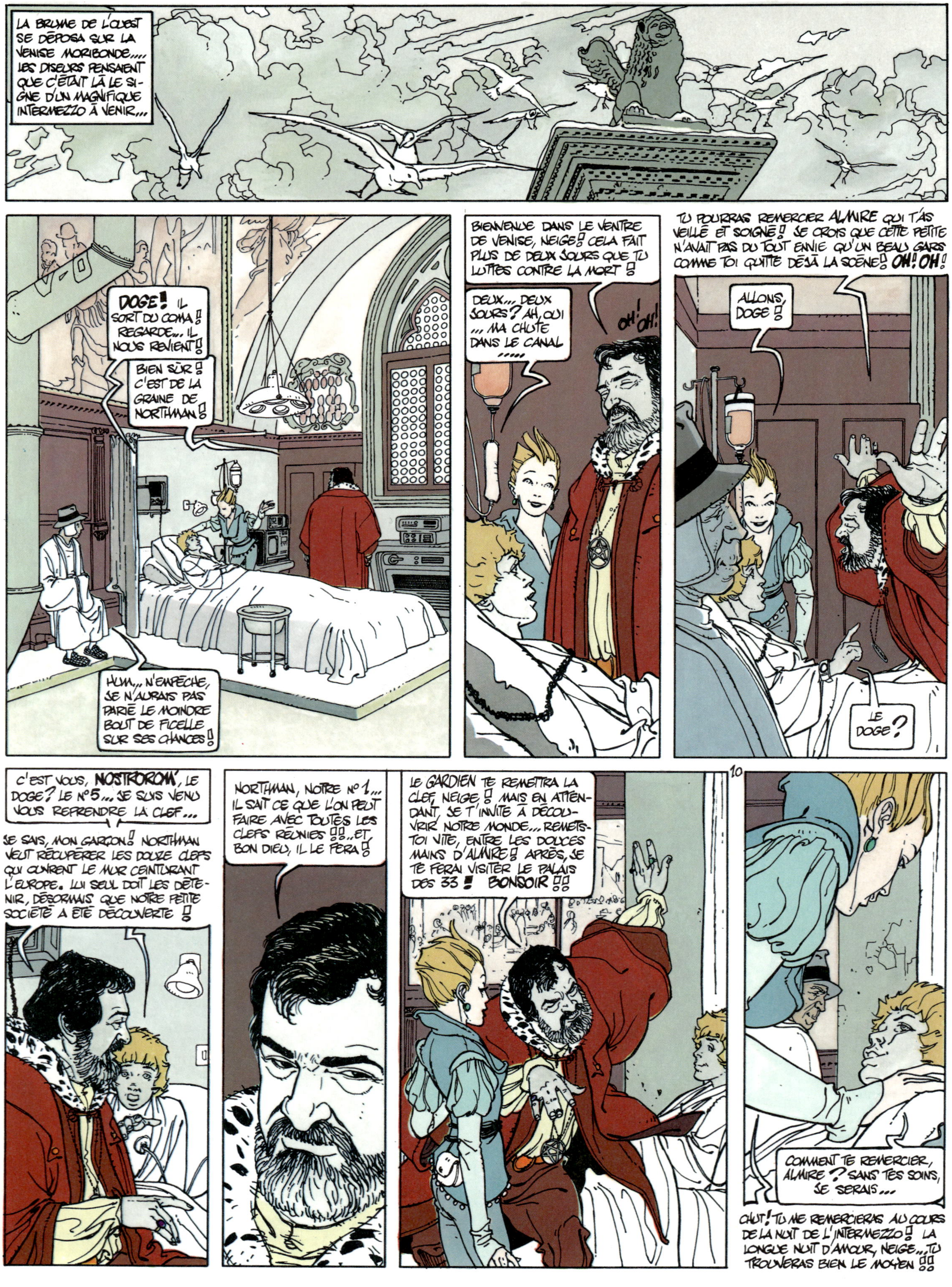
LA BRUME DE L'OUEST SE DÉPOSA SUR LA VENISE MORIBONDE.... LES DISEURS PENSAIENT QUE C'ÉTAIT LÀ LE SIGNE D'UN MAGNIFIQUE INTERMEZZO À VENIR...
DOGE! IL SORT DU COMA! REGARDE... IL NOUS REVIENT!
BIEN SÛR! C'EST DE LA GRAINE DE NORTHMAN!
HUM... N'EMPÊCHE, JE N'AURAIS PAS PARIÉ LE MOINDRE BOUT DE FICELLE SUR SES CHANCES!
BIENVENUE DANS LE VENTRE DE VENISE, NEIGE! CELA FAIT PLUS DE DEUX JOURS QUE TU LUTTES CONTRE LA MORT!
DEUX... DEUX JOURS? AH, OUI ... MA CHUTE DANS LE CANAL .....
OH! OH!
TU POURRAS REMERCIER ALMIRE QUI T'AS VEILLÉ ET SOIGNÉ! JE CROIS QUE CETTE PETITE N'AVAIT PAS DU TOUT ENVIE QU'UN BEAU GARS COMME TOI QUITTE DÉJÀ LA SCÈNE! OH! OH!
ALLONS, DOGE!
LE DOGE?
C'EST VOUS, NOSTROROM, LE DOGE? LE Nº5... JE SUIS VENU VOUS REPRENDRE LA CLEF...
JE SAIS, MON GARÇON! NORTHMAN VEUT RÉCUPÉRER LES DOUZE CLEFS QUI OUVRENT LE MUR CEINTURANT L'EUROPE. LUI SEUL DOIT LES DÉTENIR, DÉSORMAIS QUE NOTRE PETITE SOCIÉTÉ A ÉTÉ DÉCOUVERTE!
NORTHMAN, NOTRE Nº1... IL SAIT CE QUE L'ON PEUT FAIRE AVEC TOUTES LES CLEFS RÉUNIES!!... ET, BON DIEU, IL LE FERA!
LE GARDIEN TE REMETTRA LA CLEF, NEIGE! MAIS EN ATTENDANT, JE T'INVITE À DÉCOUVRIR NOTRE MONDE... REMETS-TOI VITE, ENTRE LES DOUCES MAINS D'ALMIRE! APRÈS, JE TE FERAI VISITER LE PALAIS DES 33! BONSOIR!!
COMMENT TE REMERCIER, ALMIRE? SANS TES SOINS, JE SERAIS...
CHUT! TU ME REMERCIERAS AU COURS DE LA NUIT DE L'INTERMEZZO! LA LONGUE NUIT D'AMOUR, NEIGE... TU TROUVERAS BIEN LE MOYEN!!

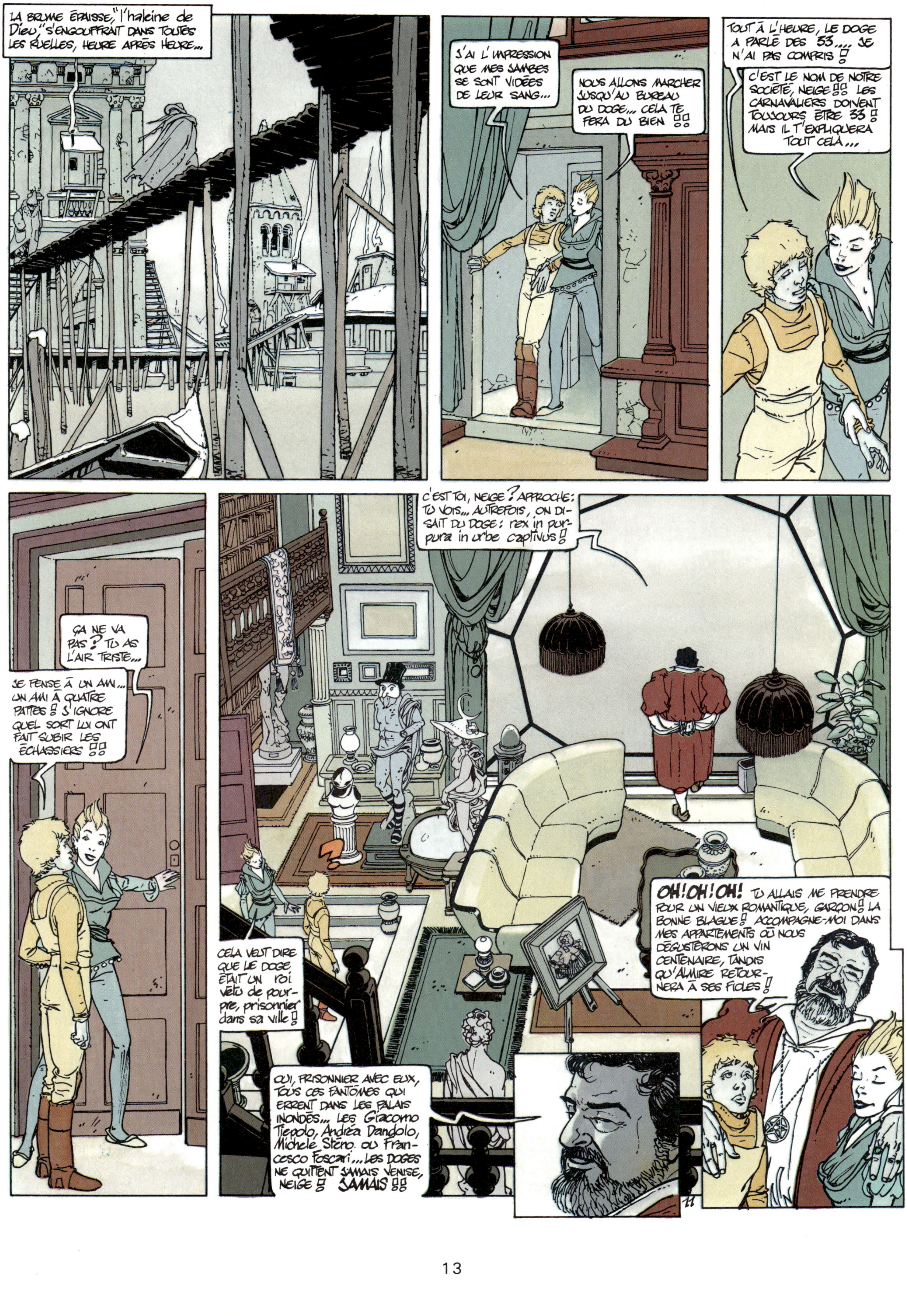
LA BRUME ÉPAISSE, "l'haleine de Dieu," S'ENGOUFFRAIT DANS TOUTES LES RUELLES, HEURE APRÈS HEURE...
J'AI L'IMPRESSION QUE MES JAMBES SE SONT VIDÉES DE LEUR SANG...
NOUS ALLONS MARCHER JUSQU'AU BUREAU DU DOGE... CELA TE FERA DU BIEN !!
TOUT À L'HEURE, LE DOGE A PARLÉ DES 33... JE N'AI PAS COMPRIS !
C'EST LE NOM DE NOTRE SOCIÉTÉ, NEIGE !! LES CARNAVALIERS DOIVENT TOUJOURS ÊTRE 33 ! MAIS IL T'EXPLIQUERA TOUT CELA...
ÇA NE VA PAS ? TU AS L'AIR TRISTE...
JE PENSE À UN AMI... UN AMI À QUATRE PATTES ! J'IGNORE QUEL SORT LUI ONT FAIT SUBIR LES ÉCHASSIERS !!
C'EST TOI, NEIGE ? APPROCHE : TU VOIS... AUTREFOIS, ON DISAIT DU DOGE : rex in purpura in urbe captivus !
CELA VEUT DIRE QUE LE DOGE ÉTAIT UN roi vêtu de pourpre, prisonnier dans sa ville !
OUI, PRISONNIER AVEC EUX, TOUS CES FANTÔMES QUI ERRENT DANS LES PALAIS INONDÉS... LES Giacomo Tiepolo, Andréa Dandolo, Michele Steno ou Francesco Foscari... LES DOGES NE QUITTENT JAMAIS VENISE, NEIGE ! JAMAIS !!
OH! OH! OH! TU ALLAIS ME PRENDRE POUR UN VIEUX ROMANTIQUE, GARÇON ! LA BONNE BLAGUE ! ACCOMPAGNE-MOI DANS MES APPARTEMENTS OÙ NOUS DÉGUSTERONS UN VIN CENTENAIRE, TANDIS QU'ALMIRE RETOURNERA À SES FIOLES !

ATTENTION, NEIGE ! LE VIN DU DOGE FAIT PLUS DE MAL QUE L'EAU DU GRAND CANAL !!
PAR LES SAINTES HUILES RANCES ! VENISE L'A BAPTISÉ !! À MON TOUR DE LE FAIRE ! OH ! OH ! OH !
ASSIEDS-TOI, JE VAIS TE SERVIR QUELQUE CHOSE QUI TE RÉCHAUFFERA LA MOELLE BIEN MIEUX QUE TOUTES LES DROGUES DE CETTE SORCIÈRE D'ALMIRE !!
DOGE... SI VOUS ME PARLIEZ DES 33 ? DE L'INTERMEZZO ? NORTHMAN NE M'A RIEN DIT ET...
HUM ? AH, CE PARFUM !! LE VIN EST LE SANG DU DIABLE, PETIT... LES 33 ? OUI, BIEN SÛR ! ET L'INTERMEZZO... JE VAIS ÉCLAIRER TA LANTERNE !
ET CETTE COULEUR !... CHAQUE ANNÉE, VENISE S'ENFONCE UN PEU PLUS DANS LA MER. POUR TENTER DE RALENTIR SON TRÉPAS, IL Y A VINGT ANS, LES DOUZE ONT FONDÉ CETTE SOCIÉTÉ : LES CARNAVALIERS, LES GARDIENS DE CETTE VILLE MAGNIFIQUE QUI AGONISE...
... LES CARNAVALIERS COMPTENT 33 MEMBRES DONT CHACUN POSSÈDE UNE FONCTION PARTICULIÈRE. LE PALAIS DES DOGES QUE NOUS AVONS INVESTI NE POURRAIT CONTENIR UNE IMPORTANTE POPULATION... AUSSI NE FAISONS-NOUS PAS D'ENFANTS ! NOUS VIVONS EN AUTARCIE.
MAIS, EN NE PROCRÉANT PAS, VOUS ALLEZ VOUS ÉTEINDRE ! COMMENT RESTER 33 ?
... QUAND LES CARNAVALIERS MEURENT, ILS SONT REMPLACÉS PAR LES ENFANTS DE VENISE : LES ÉCHASSIERS ! SELON LA LOI DES NOMBRES !
CELA SE PASSE UNE FOIS PAR AN... AU COURS DE LA LONGUE NUIT D'AMOUR ! L'INTERMEZZO !! LORS DES ÉPOUSAILLES DE LA MER ! EN Y ASSISTANT, TU COMPRENDRAS !
... VENISE REVIT PENDANT L'INTERMEZZO ! VENISE DANSE ET CHANTE ! VENISE AIME... CETTE ANNÉE, LES CARNAVALIERS ONT PERDU TROIS DES LEURS !!... ILS CHOISIRONT TROIS ÉCHASSIERS QUI SERONT INITIÉS ET DEVIENDRONT 3 DES NÔTRES.

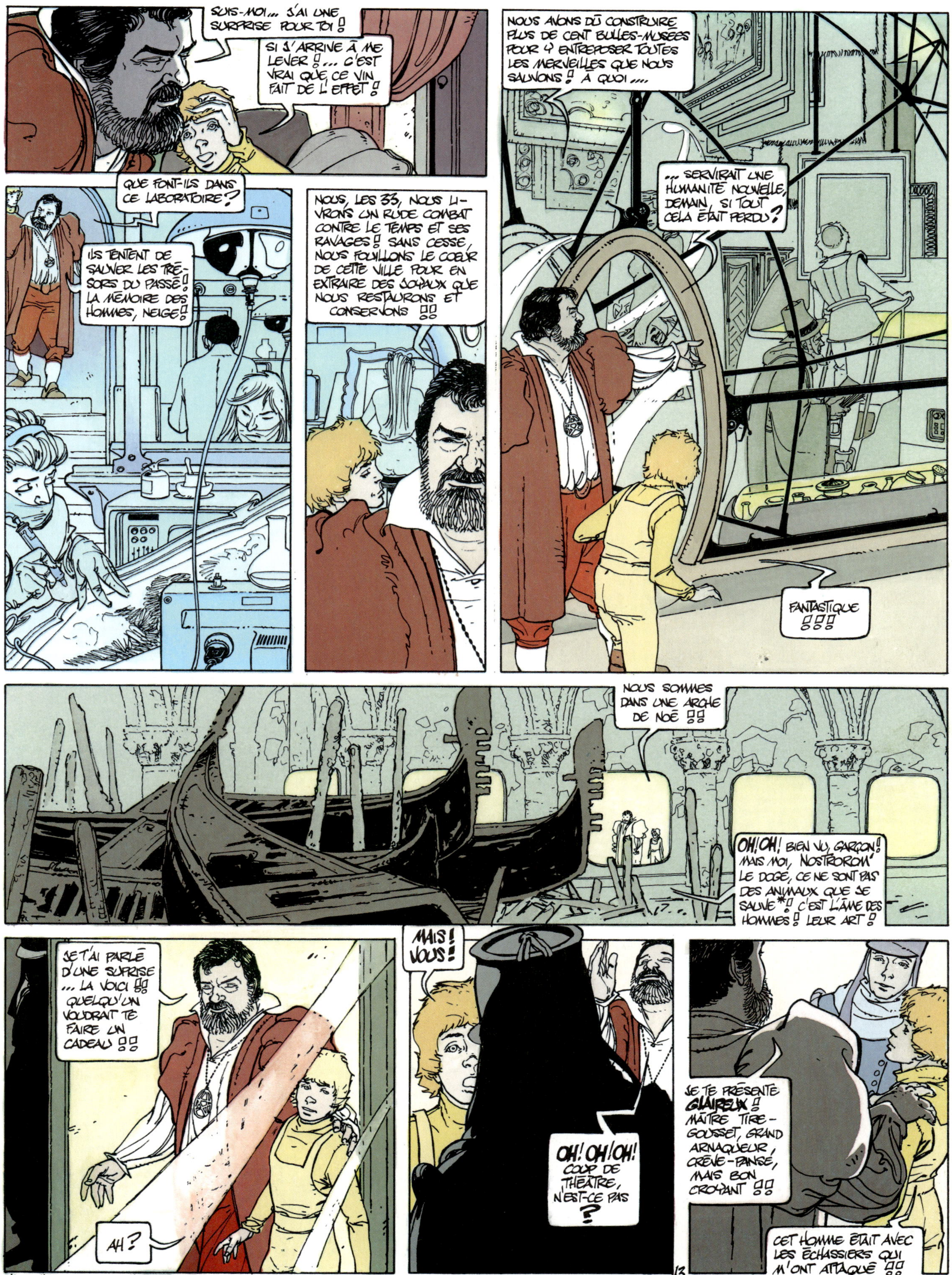

* lire "L'Aube rouge" dans la même collection.

DÉSOLÉ... JE N'AI PAS PU LES EMPÊCHER DE TE POUSSER À L'EAU !!
GLAIREUX EST UN AGENT DES 33 À LA SURFACE, NEIGE !! LUI ET LE PASSEUR NOUS INFORMENT DE CE QUI SE PASSE LÀ-HAUT !
OUAIP ! HEUREUSEMENT QUE JE SUIS SOLIDE, MOI !
JE SAIS COMMENT ME FAIRE PARDONNER, NEIGE... VIENS, TOI !
?!?
TRACE ! MON VIEUX TRACE !
J'AI EU DU MAL À L'ENTRAÎNER JUSQU'ICI !! IL NE ME FAISAIT PAS CONFIANCE APRÈS CE QUI T'EST ARRIVÉ !!
TU SAIS, NOSTROROM, LE SECOND ÉTRANGER QUI A ACCOSTÉ EN MÊME TEMPS QUE NEIGE... J'AI RETROUVÉ SA PISTE !! CETTE FACE D'OMBRE LOGE CHEZ UN GARS DU NOM DE MATOIS !
UN INCONNU A DÉBARQUÉ LE MÊME JOUR QUE MOI ?
JE SAIS... NORTHMAN A BRAVÉ SES PROPRES CONSIGNES ET M'A INFORMÉ PAR ONDIO QUE TU ÉTAIS TRAQUÉ PAR UN TUEUR FANATIQUE ! UN EXTÉRIEUR !!
CUEILLE-LA-MORT !
PEUT-ÊTRE... GLAIREUX VA REMONTER PARMI LES SIENS POUR SE RENSEIGNER SUR CET ÉTRANGER. DEMAIN SOIR, ÇA SERA LA NUIT DE L'INTERMEZZO, ET J'ESPÈRE QUE NOUS AURONS ÉLUCIDÉ CE MYSTÈRE D'ICI LÀ ....
SOIS PRUDENT, AMI ! QUE LA VIE SOIT AVEC TOI !
NE T'INQUIÈTE PAS, DOGE ! DEMAIN, JE DANSERAI SUR LES DÔMES ET CUEILLERAI L'AMOUR EN BOUQUET !!
HIER, TU DÉLIRAIS ET TU CRIAIS LE NOM DE CE TUEUR ! TU SEMBLAIS EN AVOIR SI PEUR QU'ALMIRE QUI TE VEILLAIT EN TREMBLAIT !!
C'EST UN ÊTRE TELLEMENT ÉTRANGE ! UNE ESPÈCE DE PRÊTRE-TUEUR !
JE N'AI JAMAIS VU SON VISAGE.... MAIS SA VOIX EST DOUCE, CLAIRE ... COMME LA VOIX D'UN ENFANT !
LE DIABLE AIME PRENDRE DE BIEN BELLES FORMES !

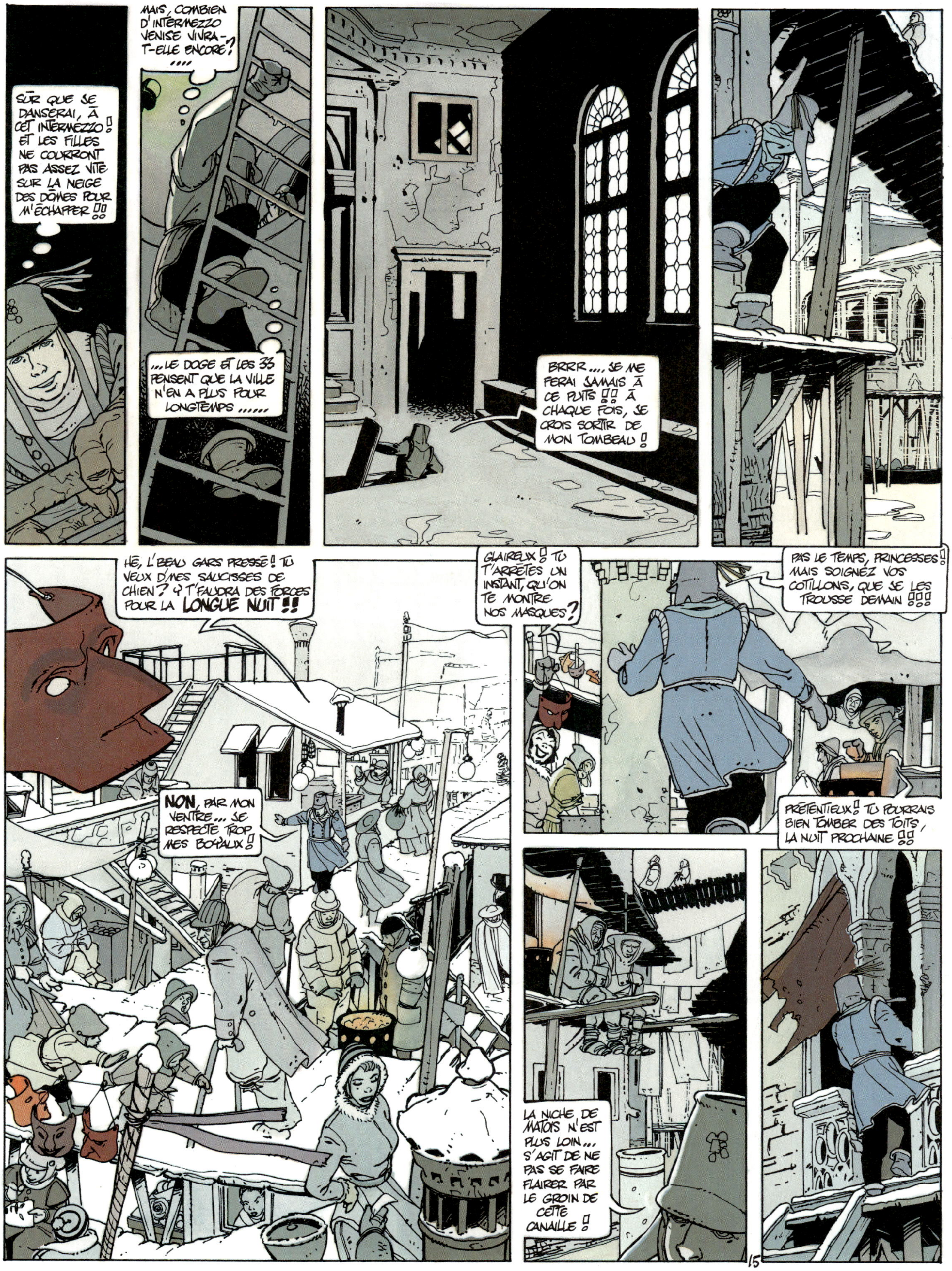
SÛR QUE JE DANSERAI, À CET INTERMEZZO ! ET LES FILLES NE COURRONT PAS ASSEZ VITE SUR LA NEIGE DES DÔMES POUR M'ÉCHAPPER !!
MAIS, COMBIEN D'INTERMEZZO VENISE VIVRA-T-ELLE ENCORE ? ....
...LE DOGE ET LES 33 PENSENT QUE LA VILLE N'EN A PLUS POUR LONGTEMPS ......
BRRR..., JE ME FERAI JAMAIS À CE PUITS !! À CHAQUE FOIS, JE CROIS SORTIR DE MON TOMBEAU !
HÉ, L'BEAU GARS PRESSÉ ! TU VEUX D'MES SAUCISSES DE CHIEN ? Y T'FAUDRA DES FORCES POUR LA LONGUE NUIT !!
NON, PAR MON VENTRE... JE RESPECTE TROP MES BOYAUX !
GLAIREUX ! TU T'ARRÊTES UN INSTANT, QU'ON TE MONTRE NOS MASQUES ?
PAS LE TEMPS, PRINCESSES ! MAIS SOIGNEZ VOS COTILLONS, QUE JE LES TROUSSE DEMAIN !!!
PRÉTENTIEUX ! TU POURRAIS BIEN TOMBER DES TOITS, LA NUIT PROCHAINE !!
LA NICHE DE MATOIS N'EST PLUS LOIN... S'AGIT DE NE PAS SE FAIRE FLAIRER PAR LE GROIN DE CETTE CANAILLE !
15

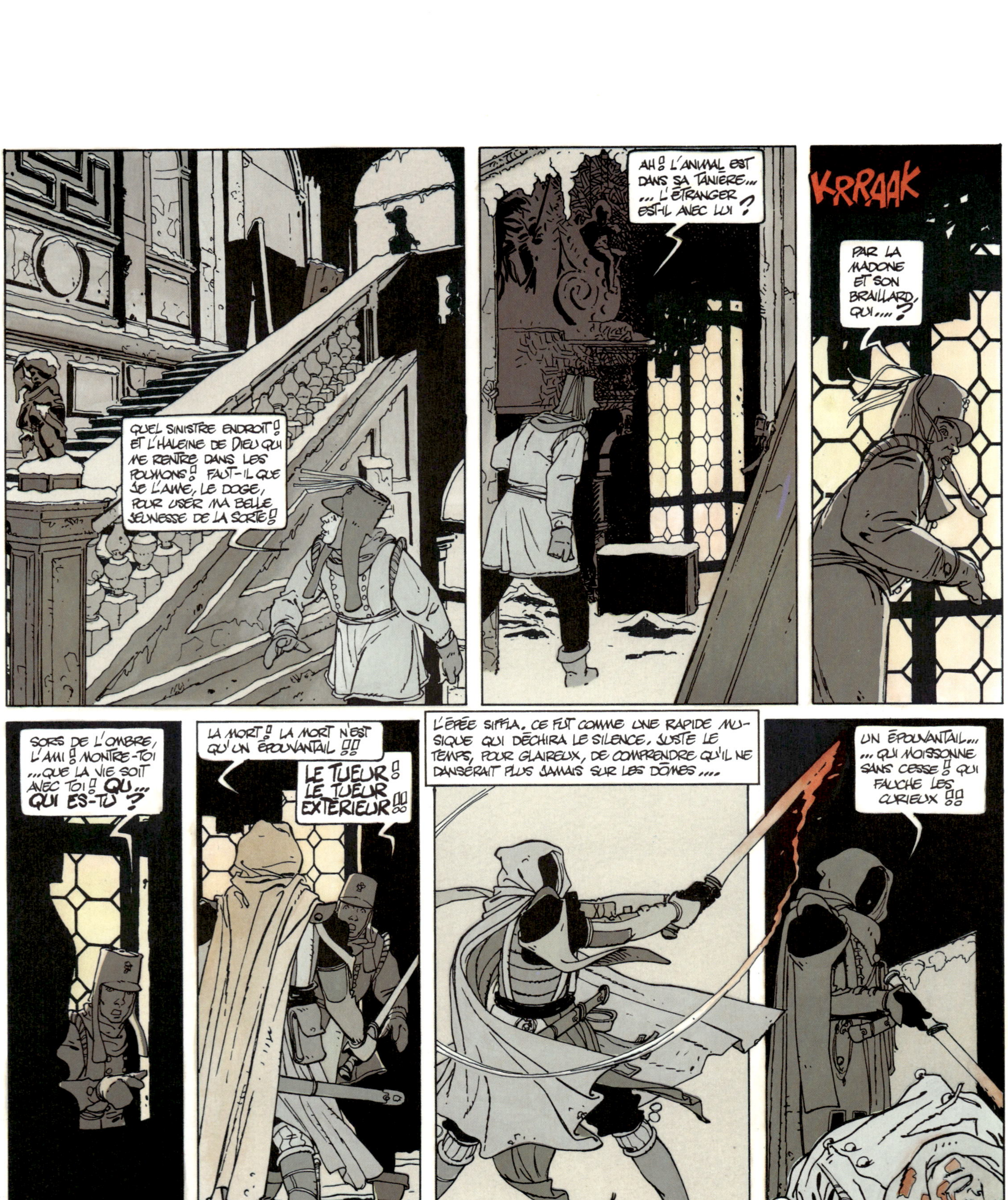
QUEL SINISTRE ENDROIT ! ET L'HALEINE DE DIEU QUI ME RENTRE DANS LES POUMONS ! FAUT-IL QUE JE L'AIME, LE DOGE, POUR USER MA BELLE JEUNESSE DE LA SORTE !
AH ! L'ANIMAL EST DANS SA TANIÈRE... ...L'ÉTRANGER EST-IL AVEC LUI ?
KRRAAK
PAR LA MADONE ET SON BRAILLARD, QUI... ?
SORS DE L'OMBRE, L'AMI ! MONTRE-TOI ...QUE LA VIE SOIT AVEC TOI ! QU... QUI ES-TU ?
LA MORT ! LA MORT N'EST QU'UN ÉPOUVANTAIL !!
LE TUEUR ! LE TUEUR EXTÉRIEUR !!
L'ÉPÉE SIFFLA. CE FUT COMME UNE RAPIDE MUSIQUE QUI DÉCHIRA LE SILENCE, JUSTE LE TEMPS, POUR GLAIREUX, DE COMPRENDRE QU'IL NE DANSERAIT PLUS JAMAIS SUR LES DÔMES...
UN ÉPOUVANTAIL... ...QUI MOISSONNE SANS CESSE ! QUI FAUCHE LES CURIEUX !!

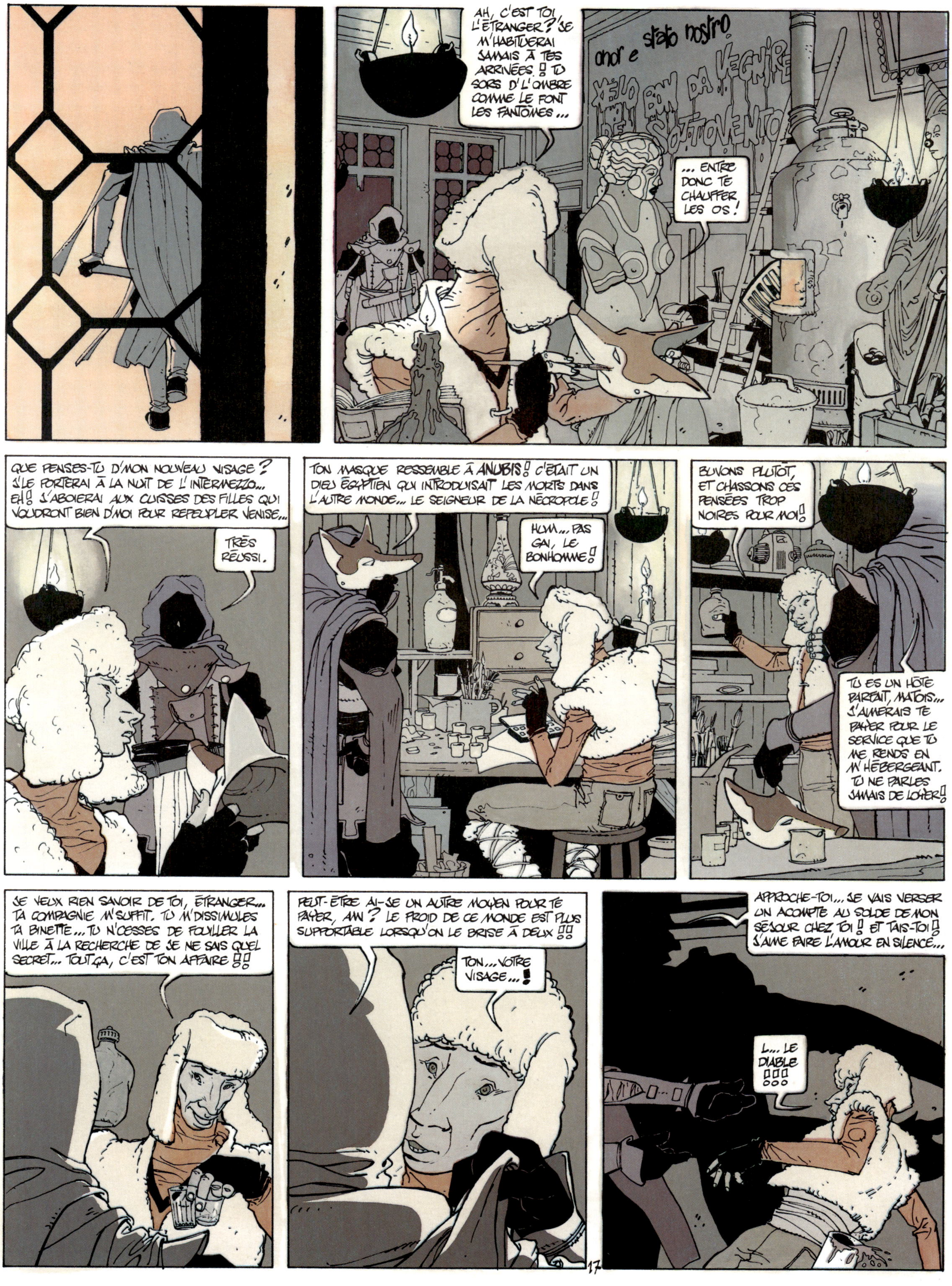
AH, C'EST TOI, L'ÉTRANGER? JE M'HABITUERAI JAMAIS À TES ARRIVÉES!! TU SORS D'L'OMBRE COMME LE FONT LES FANTÔMES...
... ENTRE DONC TE CHAUFFER LES OS!
QUE PENSES-TU D'MON NOUVEAU VISAGE? J'LE PORTERAI À LA NUIT DE L'INTERMEZZO... EH!! J'ABOIERAI AUX CUISSES DES FILLES QUI VOUDRONT BIEN D'MOI POUR REPEUPLER VENISE...
TRÈS RÉUSSI.
TON MASQUE RESSEMBLE À ANUBIS! C'ÉTAIT UN DIEU ÉGYPTIEN QUI INTRODUISAIT LES MORTS DANS L'AUTRE MONDE... LE SEIGNEUR DE LA NÉCROPOLE!
HUM... PAS GAI, LE BONHOMME!
BUVONS PLUTÔT, ET CHASSONS CES PENSÉES TROP NOIRES POUR MOI!
TU ES UN HÔTE PARFAIT, MATOIS... J'AIMERAIS TE PAYER POUR LE SERVICE QUE TU ME RENDS EN M'HÉBERGEANT. TU NE PARLES JAMAIS DE LOYER!
JE VEUX RIEN SAVOIR DE TOI, ÉTRANGER... TA COMPAGNIE M'SUFFIT. TU M'DISSIMULES TA BINETTE... TU N'CESSES DE FOUILLER LA VILLE À LA RECHERCHE DE JE NE SAIS QUEL SECRET... TOUT ÇA, C'EST TON AFFAIRE!!
PEUT-ÊTRE AI-JE UN AUTRE MOYEN POUR TE PAYER, HAN? LE FROID DE CE MONDE EST PLUS SUPPORTABLE LORSQU'ON LE BRISE À DEUX!!
TON... VOTRE VISAGE...!
APPROCHE-TOI... JE VAIS VERSER UN ACOMPTE AU SOLDE DE MON SÉJOUR CHEZ TOI! ET TAIS-TOI!! J'AIME FAIRE L'AMOUR EN SILENCE...
L... LE DIABLE!!!

second mouvement
LA NUIT
JE SUIS IMPATIENT D'ASSISTER À CETTE MYSTÉRIEUSE CÉRÉMONIE, TRACE !! PLUS QUE QUELQUES HEURES À ATTENDRE ... QUAND ALANRE ME PARLE DE L'INTERMEZZO, SES YEUX DEVIENNENT BRILLANTS !!
QU'IL FAIT SOMBRE LÀ-DEDANS !! ET FROID !! OÙ SE CACHE NOSTRORON ?
DOGE ! OÙ ÊTES-VOUS ? C'EST MOI ! NEIGE !!
DOGE !! RÉPONDEZ-MOI !
PAR LES FUNÉRAILLES DU CHRIST, IL VA VOIR QUE...
NEIGE... CE... CE N'EST PAS UN BEAU SPECTACLE... HEIN ?
QU... QUE FAISIEZ-VOUS AVEC CETTE SERINGUE ?
17... 17 DOSES DE SÉRUM ... 17 SEMAINES À TENIR ET APRÈS, C'EST LE GRAND SAUT !! IL ME FAUDRA QUITTER LA SCÈNE .... LE CANCER QUI ME RONGE, NEIGE, RESSEMBLE À CELUI QUI TUE VENISE ...
IL N'Y A PLUS D'ESPOIR ?
JE SUIS ENTRÉ DANS LA NUIT, GARÇON... MAIS PERSONNE NE DOIT LE SAVOIR PARMI LES CARNAVALIERS TANT QUE JE N'AURAI PAS PRÉPARÉ MA SUCCESSION ...
JE NE DIRAI RIEN, DOGE !!
18

SANS CETTE INJECTION, JE NE SERAIS PAS CAPABLE DE DIRIGER LA CÉRÉMONIE DE L'INTERMEZZO !! MON MAL EMPIRE CHAQUE JOUR ET LES FORCES ME MANQUERONT BIENTÔT, NEIGE. NORTHMAN LUI-MÊME IGNORE MON ÉTAT...
POURQUOI ?
INUTILE DE T'INQUIÉTER AVEC UN PAUVRE VIEUX CABOTIN COMME MOI !! TON PÈRE ADOPTIF A DES PROBLÈMES ACTUELS PLUS IMPORTANTS !! IL DOIT RÉUNIR LES 12 CLEFS DU MUR ET EMPÊCHER LES EXTÉRIEURS D'ENVAHIR NOTRE MONDE....
MAIS APRÈS ? QUAND VOUS...
QUAND J'AURAI REJOINT TOUS LES DOGES DE VENISE, AU FOND DE LA MER ? EH BIEN JE SERAI REMPLACÉ DANS MA TÂCHE. LES CARNAVALIERS AURONT UN NOUVEAU DOGE... ILS SERONT TOUJOURS 33 !!!
MAIS CETTE VILLE SERA-T-ELLE JAMAIS SAUVÉE ?
COMME NOUS SOMMES TRISTES, SOUDAIN !! PAR LA SAINTE CROIX !! OH ! OH ! TU N'ES QU'UN NAÏF, MON PETIT PUCEAU !! TU CROIS TOUT CE QU'ON TE DIT, BOUCHE BÉE !! TU BAILLES AVEC LES ANGES ! OH ! OH !
?!?
TIENS, TIENS... EN PARLANT D'ANGE ; VOICI ALMIRE QUI VA CHERCHER À T'ENVELOPPER DANS SES AILES !!
NEIGE, JE T'AI CHOISI UN DÉGUISEMENT POUR CETTE NUIT...
MÉFIE-TOI D'ALMIRE, GARÇON !! IL Y A DU SANG DE SORCIÈRE QUI COULE DANS LES VEINES DE CETTE MADONE !!
ET TOI, NOSTROROM, C'EST DU VIN QUI COULE DANS LES TIENNES !!!
TU VOIS, J'AI PENSÉ QUE LE BLANC... MAIS, QU'AS-TU ? CELA NE TE PLAÎT PAS ?
SI, SI... MAIS JE NE PARVIENS PAS À OUBLIER QUE CUEILLE-LA-MORT EST LÀ, DANS CETTE VILLE... À MA RECHERCHE !!
OUBLIE CE TUEUR, NEIGE... CETTE NUIT SERA CELLE DE LA DANSE ET DE L'AMOUR... CONNAISSANT TON DÉGUISEMENT, JE SAURAI TE TROUVER DANS LA FARANDOLE ET.....
OUI !!... L'INTERMEZZO .....

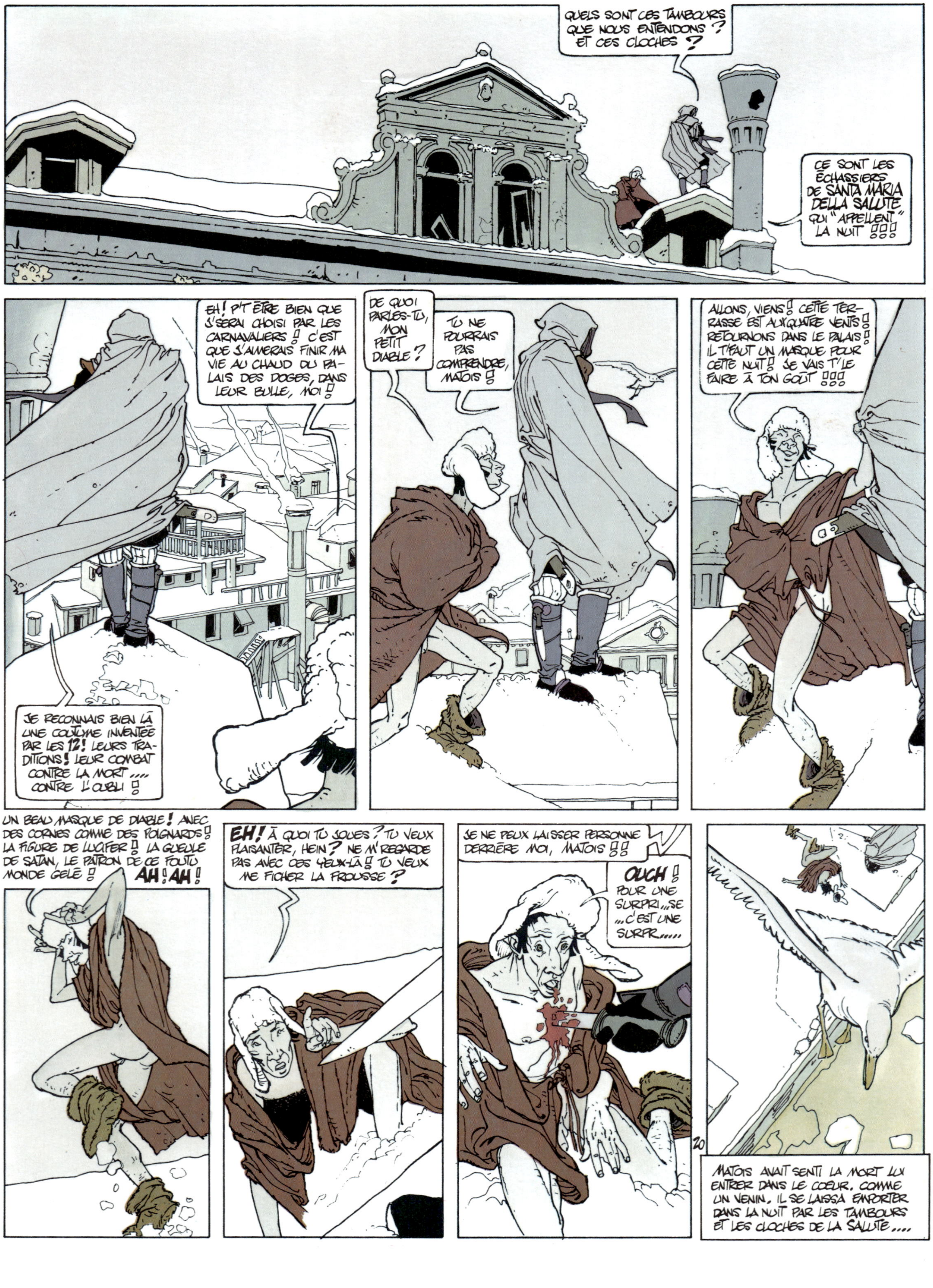
QUELS SONT CES TAMBOURS QUE NOUS ENTENDONS ? ET CES CLOCHES ?
CE SONT LES ÉCHASSIERS DE SANTA MARIA DELLA SALUTE QUI "APPELLENT" LA NUIT !!!
EH! P'T ÊTRE BIEN QUE J'SERAI CHOISI PAR LES CARNAVALIERS ! C'EST QUE J'AIMERAIS FINIR MA VIE AU CHAUD DU PALAIS DES DOGES, DANS LEUR BULLE, MOI !
JE RECONNAIS BIEN LÀ UNE COUTUME INVENTÉE PAR LES 12! LEURS TRADITIONS! LEUR COMBAT CONTRE LA MORT.... CONTRE L'OUBLI !
DE QUOI PARLES-TU, MON PETIT DIABLE ?
TU NE POURRAIS PAS COMPRENDRE, MATOIS !
ALLONS, VIENS! CETTE TERRASSE EST AUX QUATRE VENTS! RETOURNONS DANS LE PALAIS! IL T'FAUT UN MASQUE POUR CETTE NUIT! JE VAIS T'LE FAIRE À TON GOÛT !!!
UN BEAU MASQUE DE DIABLE! AVEC DES CORNES COMME DES POIGNARDS! LA FIGURE DE LUCIFER! LA GUEULE DE SATAN, LE PATRON DE CE FOUTU MONDE GELÉ ! AH! AH!
EH! À QUOI TU JOUES? TU VEUX PLAISANTER, HEIN? NE M'REGARDE PAS AVEC CES YEUX-LÀ! TU VEUX ME FICHER LA FROUSSE ?
JE NE PEUX LAISSER PERSONNE DERRIÈRE MOI, MATOIS !!!
OUCH ! POUR UNE SURPRI...SE ...C'EST UNE SURPR.....
MATOIS AVAIT SENTI LA MORT LUI ENTRER DANS LE COEUR, COMME UN VENIN. IL SE LAISSA EMPORTER DANS LA NUIT PAR LES TAMBOURS ET LES CLOCHES DE LA SALUTE....

N'EST-CE PAS QUE J'AI BELLE ALLURE, VIEUX FRÈRE ? J'AI COMPRIS LE JEU D'ALMIRE... C'EST ELLE QUI ME RECONNAÎTRA ET VIENDRA À MOI AU COURS DE LA FÊTE !!
MES AMIS, VOICI LE PRINCE DE L'INTERMEZZO ! BRAVO, NEIGE ; TU PORTES LE COSTUME ....
... MIEUX QU'UN CARNAVALIER ! QUEL DOMMAGE QUE TU DOIVES T'EN RETOURNER BIENTÔT ....
... VITE REMIS DE SON SÉJOUR DANS LE CANAL !
LA CLEF, NOSTROROM ! JE SUIS VENU PARMI VOUS POUR LA RÉCUPÉRER ET VOUS NE M'EN PARLEZ JAMAIS ....
APRÈS LA LONGUE NUIT, JE T'AI DIT ! CHAQUE CHOSE EN SON TEMPS ... C'EST AINSI QUE L'HISTOIRE DOIT S'ÉCRIRE !!!
TU NE LUI AS DONC PAS DIT, NOSTROROM ? IL NE SAIT PAS, POUR LA CLEF ? AH ! AH !
CHUT, SORANZO !! TU DEVRAIS TE NOUER LA LANGUE !
PAUVRE PETIT POISSON QUI IGNORE TOUT, AH ! AH ! VA SE DÉCHIRER LES ÉCAILLES !
C'EST QU'ELLE ROUILLE, LA CLEF, À L'ATTENDRE !
ALLONS ! CESSEZ DONC DE TANT RIRE !! NOUS DÉCHANTERONS SANS DOUTE TOUT À L'HEURE, AU MOMENT DE LA MESURE !!!
QU'ONT-ILS VOULU DIRE ?
LAISSE ; CE N'EST PAS IMPORTANT POUR LE MOMENT. JE SUIS PLUTÔT INQUIET DU SILENCE DE GLAIREUX ! MÊME LE PASSEUR N'A PLUS ÉMIS DEPUIS TON SAUT DANS LE CANAL !!
POUR ENTRER DANS LA DANSE, CUEILLE-LA-MORT SE DÉGUISA... CETTE NUIT SERAIT LA DERNIÈRE DE NEIGE ! L'ULTIME MORT À COMPTER... ET À PLEURER !

TU NE CHANTES PAS, DOMINI? D'HABITUDE, LE SON DES TAMBOURS T'INSPIRE !!!
GLAIREUX DEVRAIT ÊTRE LÀ DEPUIS LONGTEMPS !!
Le pigeon n'est pas sage C'est un oiseau volage Venise est sa maîtresse Et lui donne ses caresses
IDIOT ! GLAIREUX EST AMOUREUX DE MOI! DE MOI SEULE !
RENTRONS, DOMINI ! LA VILLE DOIT ÊTRE VIDE À LA SORTIE DES CARNAVALIERS ! TU L'OUBLIERAS VITE, LE GLAIREUX !
La tristesse de la tourterelle Dure le temps d'une ritournelle Deux corbeaux l'aimeront mieux Qu'un petit serin miteux
PUIS CE FUT LE SILENCE. LES TAMBOURS S'ÉTAIENT TUS. VENISE VENAIT DE SE FIGER. LE TEMPS S'ÉTAIT ARRÊTÉ....
22
ON VIT ALORS LES 9 GONDOLES DES CARNAVALIERS QUI SORTAIENT DE LA BRUME DU CANAL SAINT-MARC, COMME VENUES DE NULLE PART... ELLES GLISSAIENT SUR L'EAU GELÉE, SANS BRUIT. ET VENISE ENDORMIE S'OUVRAIT À ELLES COMME UNE FEMME OFFERTE.

POURQUOI NE VOIT-ON PLUS AUCUN ÉCHASSIER ? ON DIRAIT UNE VILLE MORTE !!
C'EST EN EFFET AINSI QU'ELLE DOIT PARAÎTRE, JUSTE AVANT L'INTERMEZZO, NEIGE... LA CÉRÉMONIE DE CETTE NUIT SERA LE SIGNE DE SA RÉSURRECTION POUR UNE ANNÉE ENCORE...
TU CHERCHES ALMIRE ? INUTILE, MON GARÇON ; C'EST ELLE QUI TE TROUVERA AU COURS DE LA LONGUE NUIT !! LE JEU... LE JEU MYSTÉRIEUX ET ENCHANTEUR DE L'AMOUR !!!
J'AVAIS L'IMPRESSION QUE.....
VOUS N'AVEZ TOUJOURS PAS EU DE NOUVELLES DE GLAIREUX, N'EST-CE PAS ?
LE DRÔLE NOUS REVIENDRA DEMAIN... LE FOIE BARBOUILLÉ DE VIN ET LES LÈVRES PLEINES DE BAISERS !!!
JE DOIS ÊTRE SEUL À NE PAS ÊTRE MASQUÉ !! LE SEUL À RECEVOIR LE VENT ET LE SEL DE LA MER SUR MON VISAGE... LE SEUL QUE L'ON VERRA PLEURER !! EUX, TOUS LES ENFANTS DE VENISE, POURRONT RIRE ET DANSER !!!
C'EST LUI !! IL A SURVÉCU AU FROID DU CANAL, BIEN SÛR !! IL ME FAUDRA DONC LE TUER. ...APRÈS L'AMOUR, ALORS JUSTE APRÈS !!!
METS TON MASQUE, MAINTENANT, NEIGE... NOUS APPROCHONS DE LA SALUTE...

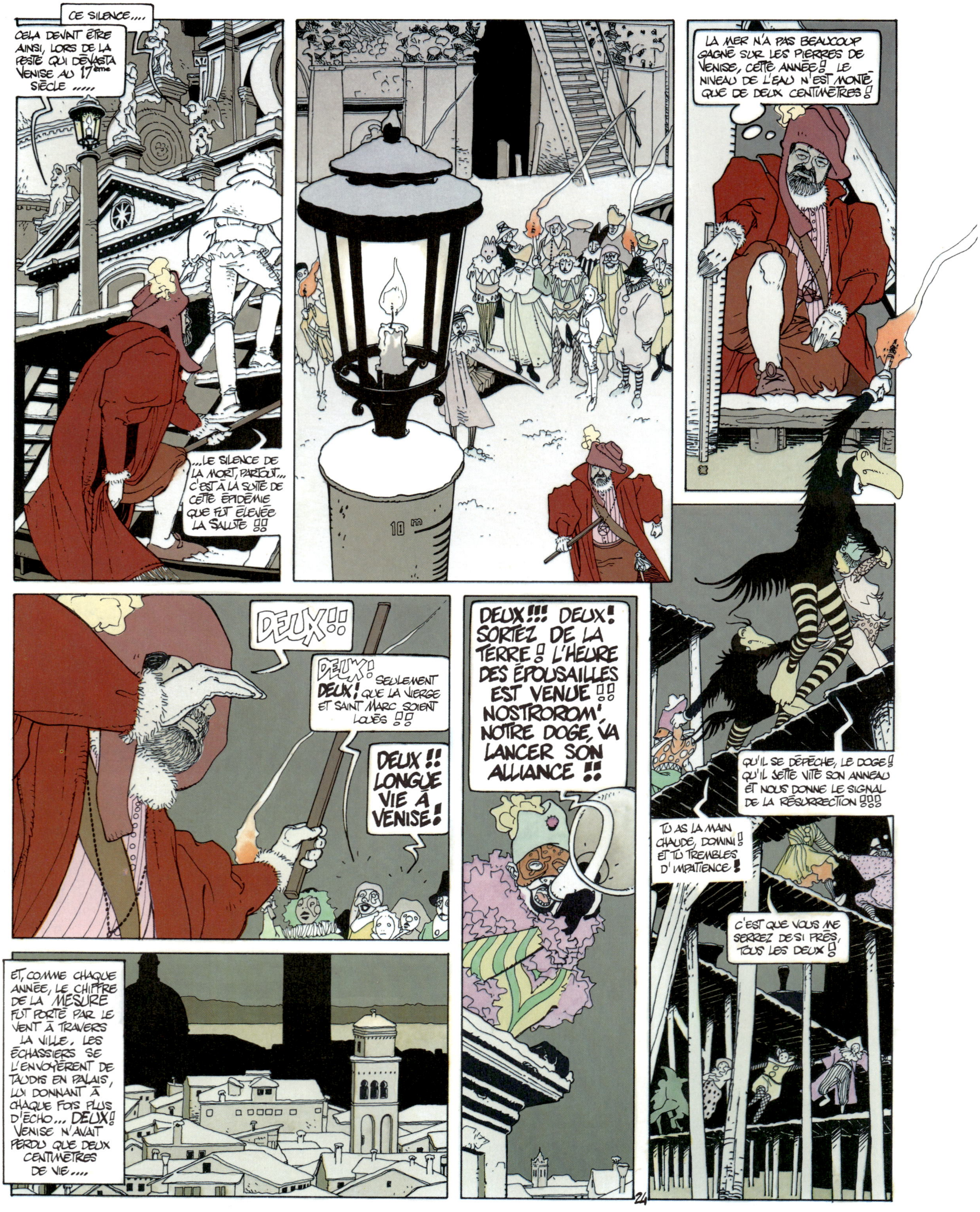
CE SILENCE....
CELA DEVAIT ÊTRE AINSI, LORS DE LA PESTE QUI DÉVASTA VENISE AU 17ème SIÈCLE .....
...LE SILENCE DE LA MORT, PARTOUT... C'EST À LA SUITE DE CETTE ÉPIDÉMIE QUE FUT ÉLEVÉE LA SALUTE !!
10 m
LA MER N'A PAS BEAUCOUP GAGNÉ SUR LES PIERRES DE VENISE, CETTE ANNÉE ! LE NIVEAU DE L'EAU N'EST MONTÉ QUE DE DEUX CENTIMÈTRES !
DEUX !!
DEUX ! SEULEMENT DEUX ! QUE LA VIERGE ET SAINT MARC SOIENT LOUÉS !!!
DEUX !! LONGUE VIE À VENISE !
DEUX !!! DEUX ! SORTEZ DE LA TERRE ! L'HEURE DES ÉPOUSAILLES EST VENUE !! NOSTROROM', NOTRE DOGE, VA LANCER SON ALLIANCE !!
QU'IL SE DÉPÊCHE, LE DOGE ! QU'IL JETTE VITE SON ANNEAU ET NOUS DONNE LE SIGNAL DE LA RÉSURRECTION !!!
TU AS LA MAIN CHAUDE, DOMINI ! ET TU TREMBLES D'IMPATIENCE !
C'EST QUE VOUS ME SERREZ DE SI PRÈS, TOUS LES DEUX !
ET, COMME CHAQUE ANNÉE, LE CHIFFRE DE LA MESURE FUT PORTÉ PAR LE VENT À TRAVERS LA VILLE. LES ÉCHASSIERS SE L'ENVOYÈRENT DE TAUDIS EN PALAIS, LUI DONNANT À CHAQUE FOIS PLUS D'ÉCHO... DEUX ! VENISE N'AVAIT PERDU QUE DEUX CENTIMÈTRES DE VIE....

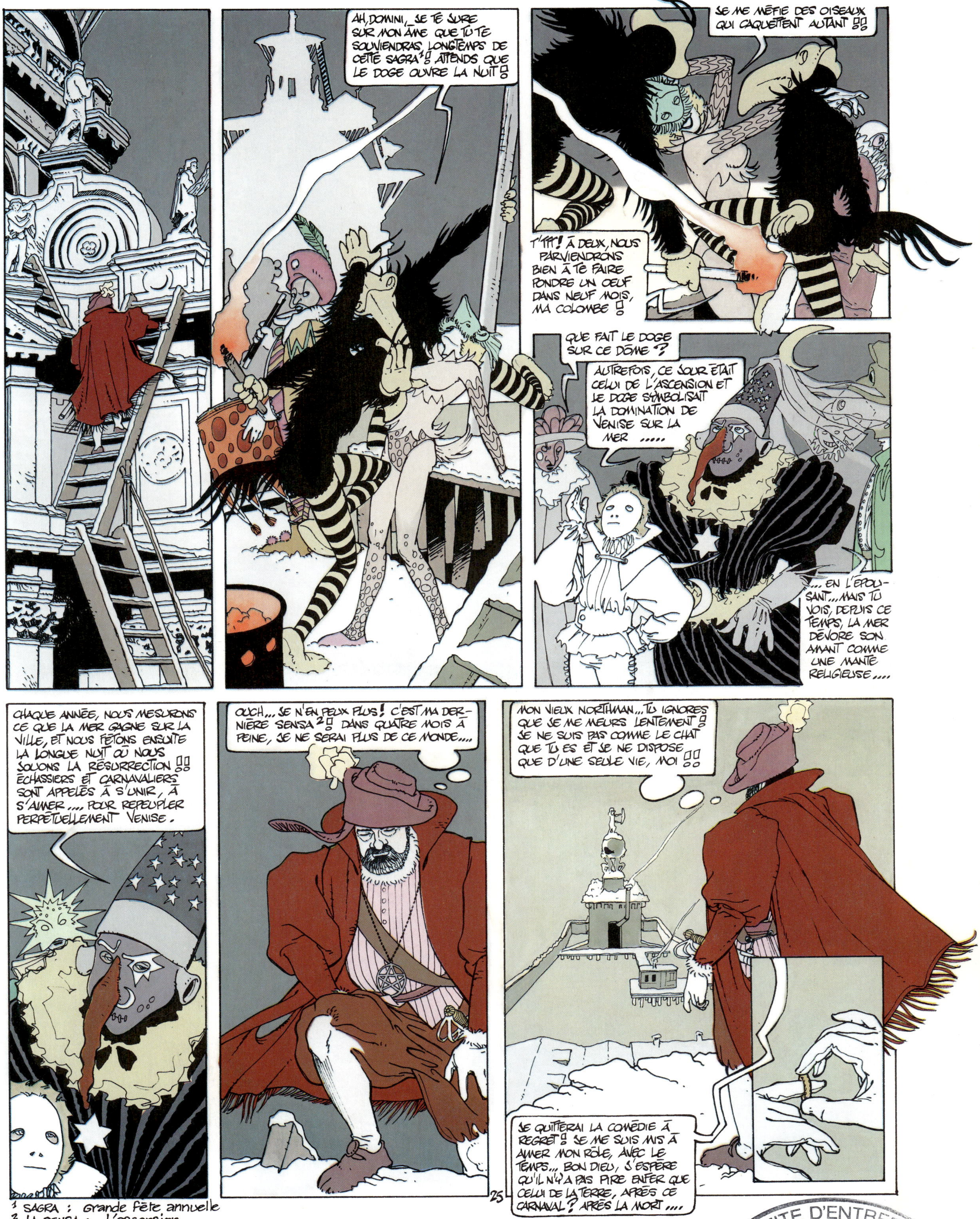

[1] SAGRA : Grande fête annuelle
[2] LA SENSA : L'ascension

DESPONSAMUS TE, MARE, IN SIGNUM VERI PERPETUIQUE DOMINII! *
* "NOUS T'ÉPOUSONS, MER, EN SIGNE DE VÉRITABLE ET PERPÉTUELLE DOMINATION"
AU MOMENT OÙ L'ANNEAU NUPTIAL TOUCHA L'EAU GLACÉE....
... LES TAMBOURS OUVRIRENT LA LONGUE NUIT!!
AH! QUE CE ROULEMENT DE TAMBOUR EST AGRÉABLE À ENTENDRE! ÉCOUTE.... C'EST LE COEUR DE VENISE-LA-BELLE QUI BAT!!! C'EST SON COEUR QUI S'EMBALLE DEVANT L'AMOUR....
PAS SI VITE! LA TÊTE ME TOURNE!
AU CONTRAIRE! COURONS ET DANSONS À NOUS SAOULER!
QUAND TU SERAS LASSE, MA COLOMBE, NOUS TROUVERONS UN NID DOUILLET À PARTAGER ENSEMBLE!
ENTRE DANS LA DANSE, MASQUE BLANC! VIENS CHANTER ET JOUER AVANT QUE LE DOGE CHOISISSE 3 ÉCHASSIERS!!!
HÉ!?
ALMIRE.... OÙ EST-ELLE? ELLE M'A DIT QUE....
26

C'est
l'Intermezzo
Trousse
cotillons
C'est
l'Intermezzo
Saute souillons

Le diable a mis
son masque
Pour cette nuit
de frasques
Venise joue son
opéra
Et chante avec
les rats

C'est
l'Intermezzo
Bouscule
jupons
C'est
l'Intermezzo
Lèche fripons

La vierge mon-
-tre son ventre
Pour que
l'amour y entre
Venise
jouit encore
Et danse avec
la mort

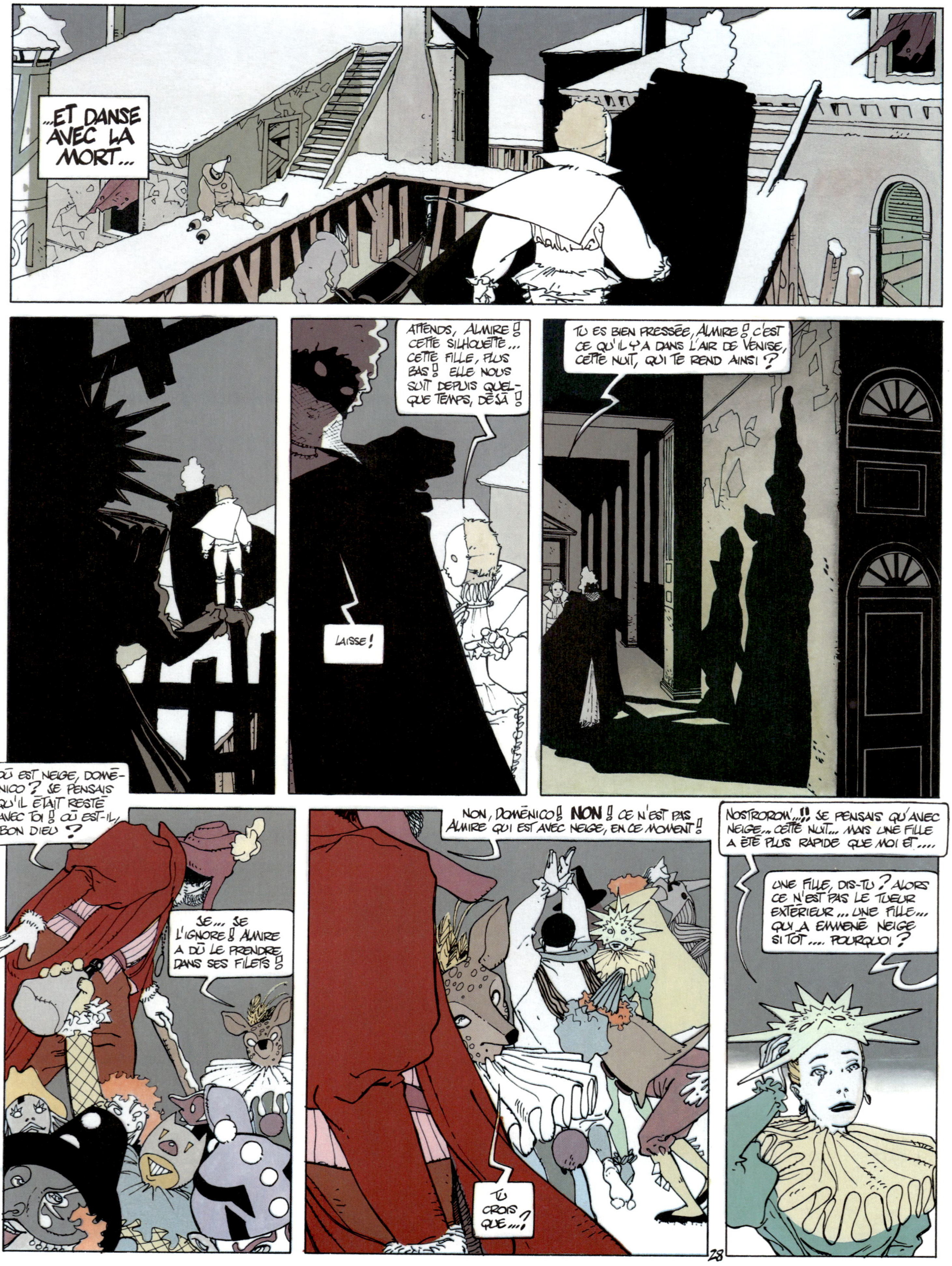
...ET DANSE AVEC LA MORT...
ATTENDS, ALMIRE ! CETTE SILHOUETTE... CETTE FILLE, PLUS BAS ! ELLE NOUS SUIT DEPUIS QUELQUE TEMPS, DÉJÀ !
LAISSE !
TU ES BIEN PRESSÉE, ALMIRE ! C'EST CE QU'IL Y A DANS L'AIR DE VENISE, CETTE NUIT, QUI TE REND AINSI ?
OÙ EST NEIGE, DOMÉNICO ? JE PENSAIS QU'IL ÉTAIT RESTÉ AVEC TOI ! OÙ EST-IL, BON DIEU ?
JE... JE L'IGNORE ! ALMIRE A DÛ LE PRENDRE DANS SES FILETS !
NON, DOMÉNICO ! NON ! CE N'EST PAS ALMIRE QUI EST AVEC NEIGE, EN CE MOMENT !
TU CROIS QUE... ?
NOSTROROM...!! JE PENSAIS QU'AVEC NEIGE... CETTE NUIT... MAIS UNE FILLE A ÉTÉ PLUS RAPIDE QUE MOI ET....
UNE FILLE, DIS-TU ? ALORS CE N'EST PAS LE TUEUR EXTÉRIEUR... UNE FILLE... QUI A EMMENÉ NEIGE SI TÔT... POURQUOI ?
28

VIENS ! APPROCHE... J'AI BESOIN DE TA CHALEUR, DE TA VIE... L'AIR EST SI FROID SUR MA PEAU !
CETTE VOIX ! CE N'EST PAS CELLE D'ALMIRE ! QUI ÊTES-VOUS ?
QU'IMPORTE QUI JE SUIS... C'EST L'INTERMEZZO ! ET CETTE NUIT N'APPARTIENT PAS AU TEMPS. AIME-MOI... JE TE MONTRERAI MON VISAGE ENSUITE !!!
RESTE DONC, ALMIRE ! LA LONGUE NUIT COMMENCE À PEINE... NEIGE TE REVIENDRA VITE !!!
TU NE PEUX PAS COMPRENDRE, DOMÉNICO ; TU ES TROP VIEUX !
TROP VIEUX ? PAUVRE PETITE PUCELLE QUI CROIT QUE L'AMOUR NE JOUE QUE DANS LE COEUR DES JEUNES !!!
29

* lire "L'AUBE ROUGE" dans la même collection.

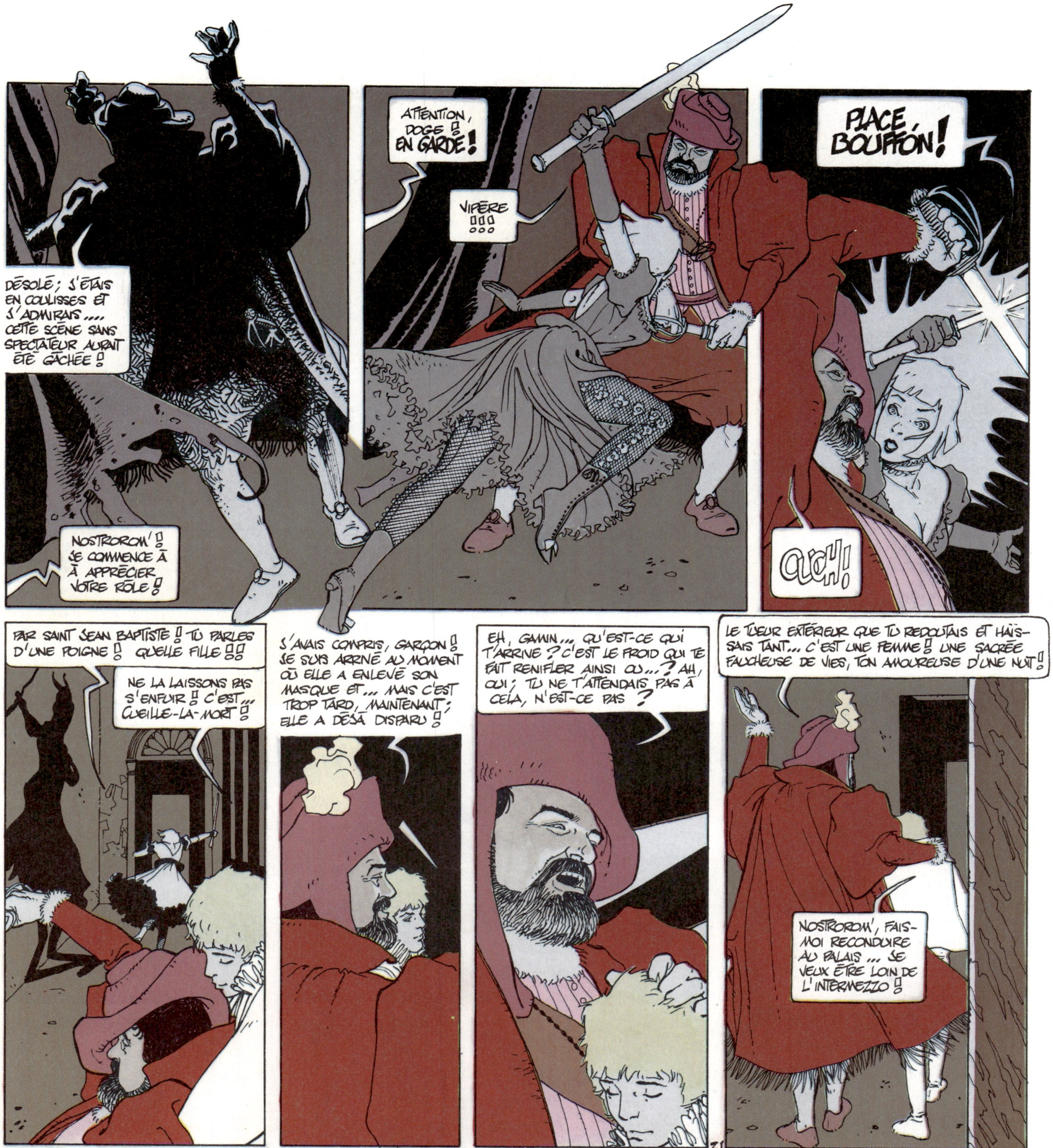

C'est
l'Intermezzo
Le Diable a un
beau visage
C'est
l'Intermezzo
Le Diable n'a
plus d'âge

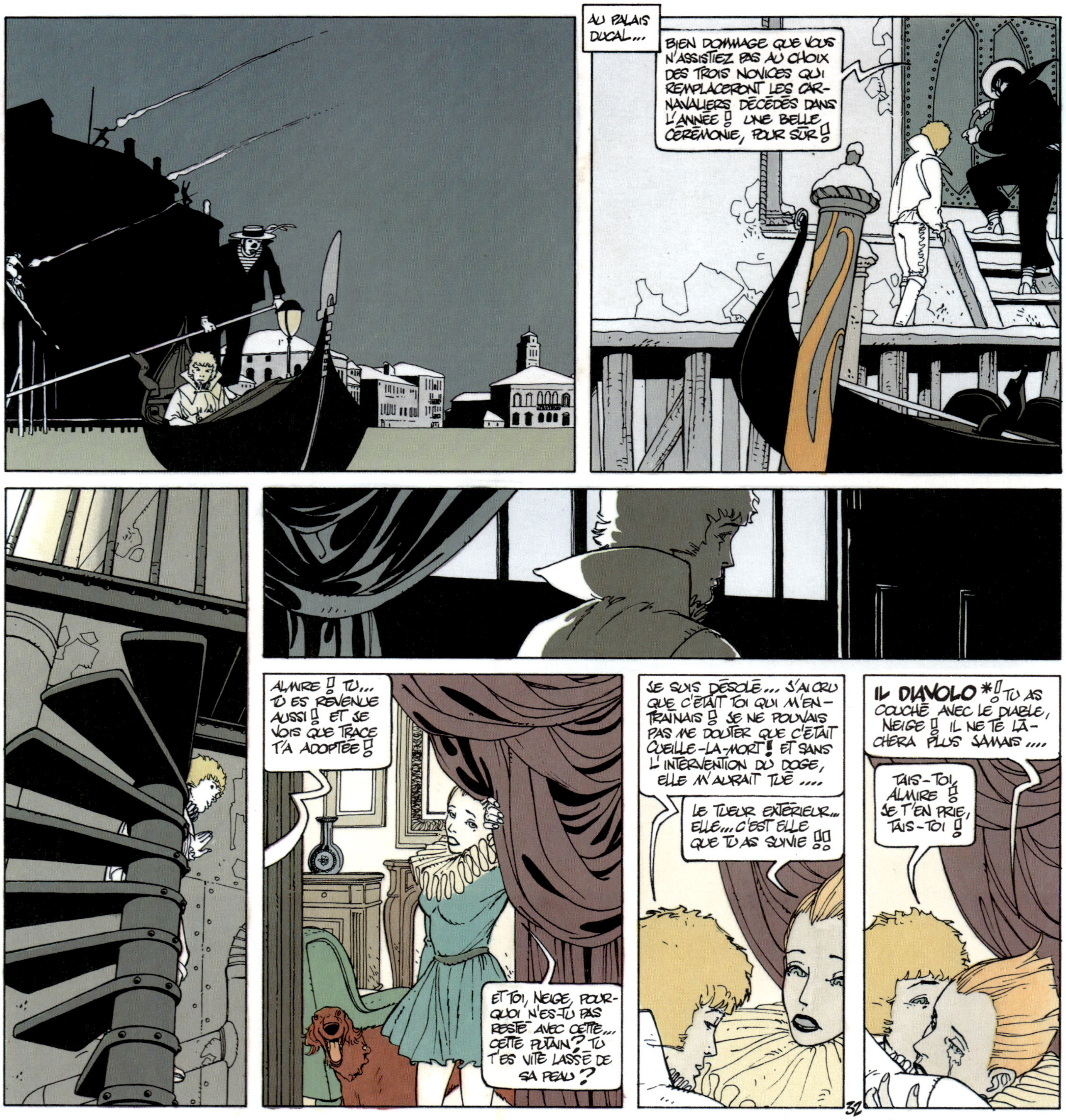

Le Doge a
épousé la mer
Le Diable a
épousé la Mort
La fille a
épousé son père
La terre a
épousé l'or
C'est
l'Intermezzo...

* le diable.

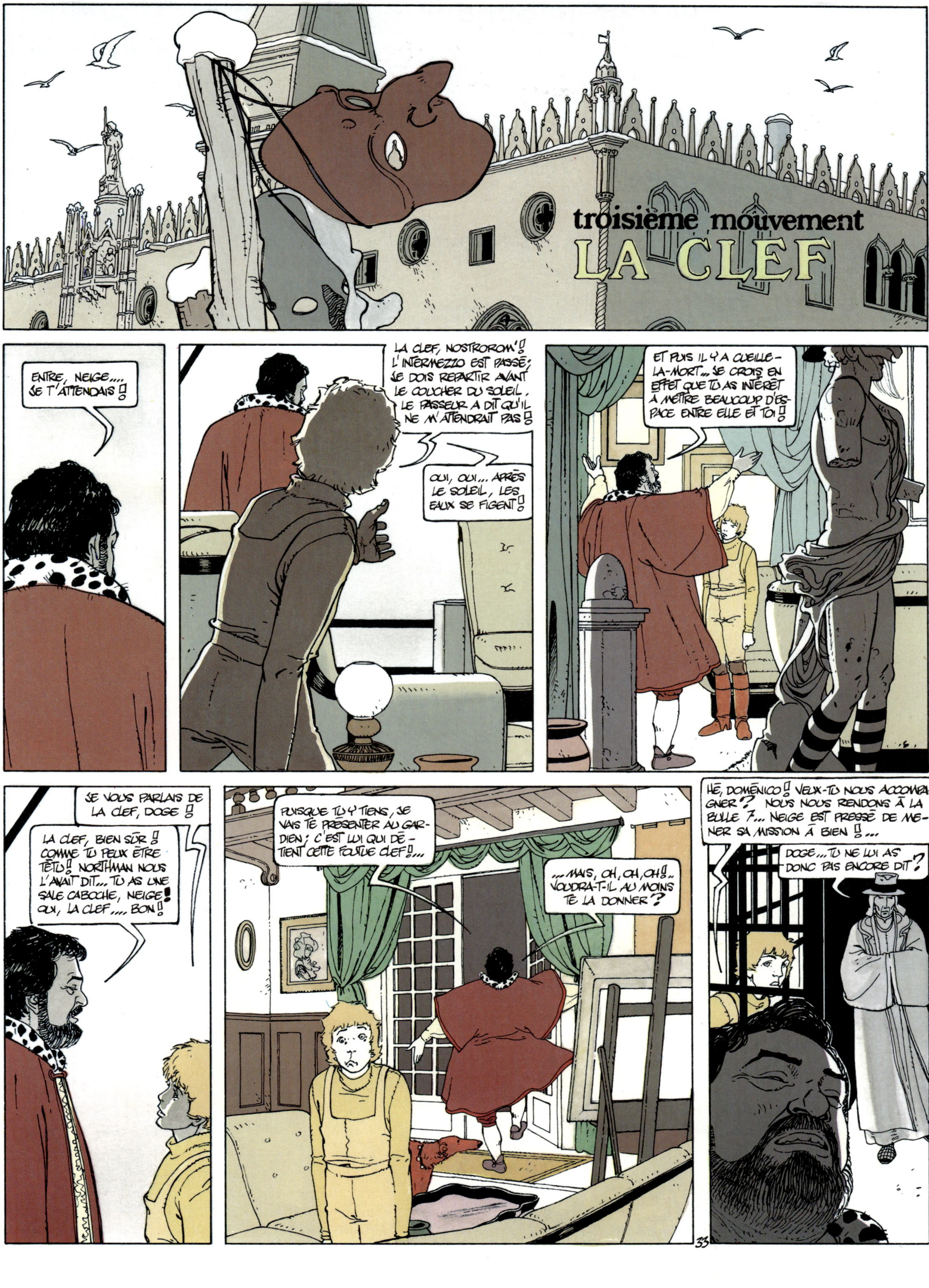
troisième mouvement
LA CLEF
ENTRE, NEIGE..., JE T'ATTENDAIS !
LA CLEF, NOSTROROM ! L'INTERMEZZO EST PASSÉ; JE DOIS REPARTIR AVANT LE COUCHER DU SOLEIL. LE PASSEUR A DIT QU'IL NE M'ATTENDRAIT PAS !
OUI, OUI... APRÈS LE SOLEIL, LES EAUX SE FIGENT !
ET PUIS IL Y A CUEILLE-LA-MORT... JE CROIS EN EFFET QUE TU AS INTÉRÊT À METTRE BEAUCOUP D'ESPACE ENTRE ELLE ET TOI !
JE VOUS PARLAIS DE LA CLEF, DOGE !
LA CLEF, BIEN SÛR ! COMME TU PEUX ÊTRE TÊTU ! NORTHMAN NOUS L'AVAIT DIT... TU AS UNE SALE CABOCHE, NEIGE ! OUI, LA CLEF... BON !
PUISQUE TU Y TIENS, JE VAIS TE PRÉSENTER AU GARDIEN; C'EST LUI QUI DÉTIENT CETTE FOUTUE CLEF !...
...MAIS, OH, OH, OH !... VOUDRA-T-IL AU MOINS TE LA DONNER ?
HÉ, DOMÉNICO ! VEUX-TU NOUS ACCOMPAGNER ? NOUS NOUS RENDONS À LA BULLE 7... NEIGE EST PRESSÉ DE MENER SA MISSION À BIEN !...
DOGE... TU NE LUI AS DONC PAS ENCORE DIT ?

QU'AURIEZ-VOUS DÛ ME DIRE, NOSTROROW? LA CLEF EST BIEN EN VOTRE POSSESSION, N'EST-CE PAS?
HEU... C'EST LE GARDIEN QUI LA CONSERVE, NEIGE! NUANCE, MON GARÇON....
CROIS-TU VRAIMENT QUE L'HEURE EST À L'HUMOUR, DOGE? CE PETIT A FAILLI MOURIR CETTE NUIT, ET LA JOURNÉE QUI L'ATTEND RISQUE DE LUI RÉSERVER QUELQUES SURPRISES!!!
HEIN? MAIS DE QUOI PARLEZ-VOUS, TOUS LES DEUX?
NEIGE! N'Y VA PAS! LAISSE CETTE CLEF OÙ ELLE EST!
ALMIRE! POURQUOI ME DEMANDES-TU CELA?
QU'AVEZ-VOUS TOUS? ON SE CROIRAIT DANS UNE HISTOIRE DE FOUS! QU'Y A-T-IL DE DANGEREUX À DEMANDER CETTE CLEF À CE.... CE GARDIEN?
C'EST QUE LE GARDIEN EST MO....
TAIS-TOI, ALMIRE! IL LE VERRA BIEN!!!
LE GARDIEN T'ATTEND DANS L'UNE DES PLUS GROSSES BULLES QUE NOUS AYONS CONSTRUITE. C'EST APRÈS CE COULOIR... LA N°7... C'EST LÀ QUE DORMENT LES TRÉSORS DE CIMA DA CONEGLIANO, TINTORET, LE TITIEN OU VITTORE CARPACCIO!!!
FRAGILE MÉMOIRE DES HOMMES!
C'EST CE SOIR QUE TU NOUS QUITTES, NEIGE? C'EST BIEN CE SOIR QUE LE PASSEUR VIENT TE CHERCHER?
EN EFFET. AVANT LE COUCHER DU SOLEIL... JE DOIS ME HÂTER DE PORTER LA CINQUIÈME CLEF À NORTHMAN...
NOUS REVERRONS-NOUS JAMAIS, MON AMI? NORTHMAN NE CESSERA-T-IL PAS DE T'ENVOYER D'UNE VILLE À L'AUTRE, À TRAVERS L'EUROPE?
J'AI PROMIS DE L'AIDER À RÉUNIR LES 12 CLEFS... ELLES SONT NOTRE UNIQUE GARANTIE CONTRE UNE INFILTRATION DE L'EXTÉRIEUR!

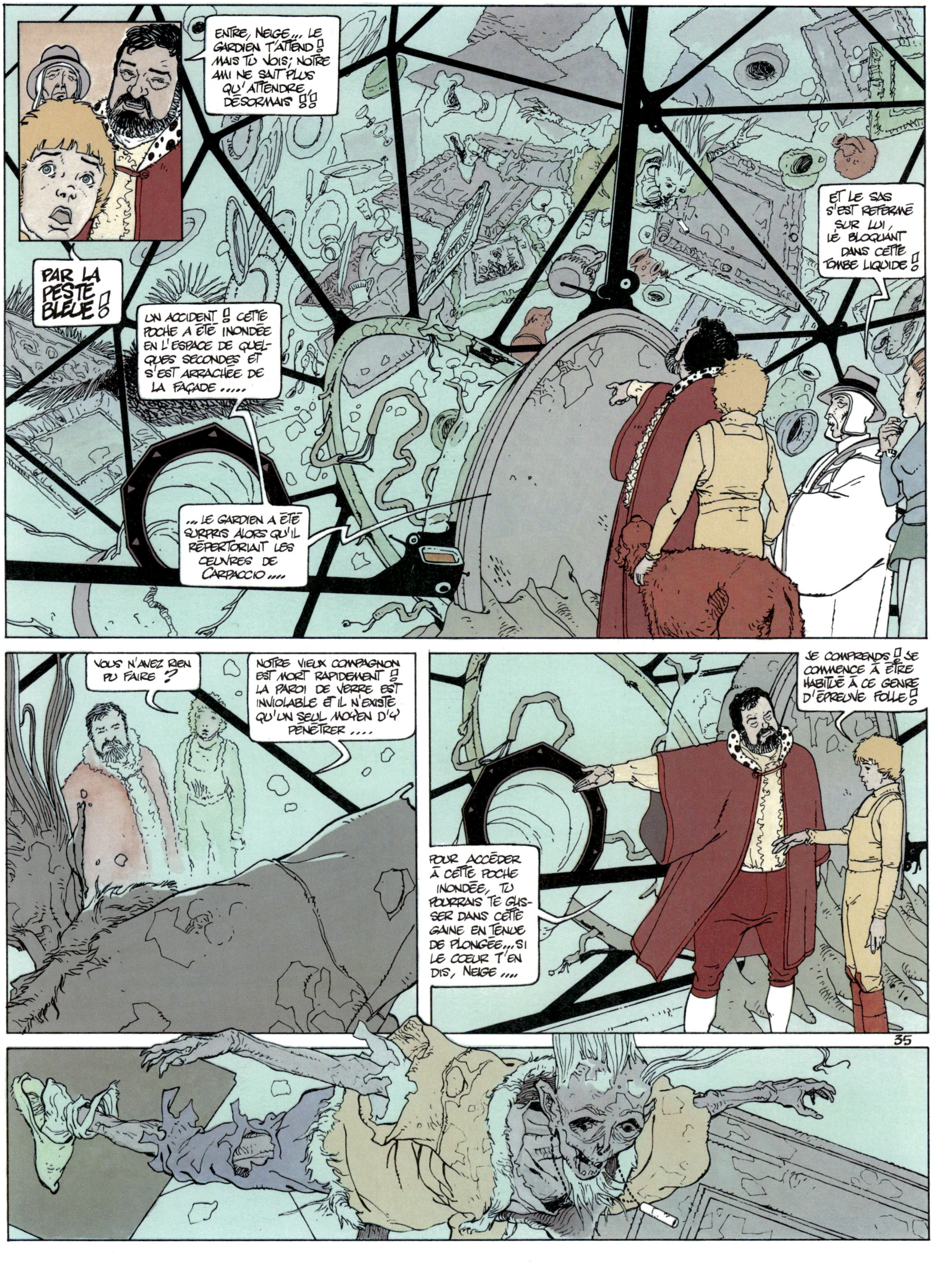
ENTRE, NEIGE... LE GARDIEN T'ATTEND !! MAIS TU VOIS; NOTRE AMI NE SAIT PLUS QU'ATTENDRE DÉSORMAIS !!!
PAR LA PESTE BLEUE !!
UN ACCIDENT !! CETTE POCHE A ÉTÉ INONDÉE EN L'ESPACE DE QUELQUES SECONDES ET S'EST ARRACHÉE DE LA FAÇADE .....
... LE GARDIEN A ÉTÉ SURPRIS ALORS QU'IL RÉPERTORIAIT LES ŒUVRES DE CARPACCIO ....
ET LE SAS S'EST REFERMÉ SUR LUI, LE BLOQUANT DANS CETTE TOMBE LIQUIDE !!
VOUS N'AVEZ RIEN PU FAIRE ?
NOTRE VIEUX COMPAGNON EST MORT RAPIDEMENT !! LA PAROI DE VERRE EST INVIOLABLE ET IL N'EXISTE QU'UN SEUL MOYEN D'Y PÉNÉTRER ....
JE COMPRENDS !! JE COMMENCE À ÊTRE HABITUÉ À CE GENRE D'ÉPREUVE FOLLE !!
POUR ACCÉDER À CETTE POCHE INONDÉE, TU POURRAIS TE GLISSER DANS CETTE GAINE EN TENUE DE PLONGÉE... SI LE COEUR T'EN DIS, NEIGE ....
35

QUE M'IMPORTE TA MISSION, NEIGE ! TU VEUX DONC JOUER AU PETIT HÉROS ET RISQUER TA PEAU DANS CE BOYAU ? L'UN DES NÔTRES EST MORT EN TENTANT DE SE RENDRE DANS LA BULLE, PEU APRÈS L'ACCIDENT !!!
J'AI CONFIANCE EN NEIGE, ALMIRE ! N'OUBLIONS PAS QU'IL EST LE FILS DE NORTHMAN... ET PUIS, IL N'EXISTE QUE CETTE SOLUTION : ENTRER DANS CE VENTRE MORT PAR CE CORDON OMBILICAL !!
FFF'T ! RÉJOUISSANT PROGRAMME !
IL FAUT SE MÉFIER DU CHANGEMENT DE PRESSION.... OUI, QUAND TU ARRIVERAS DANS LA BULLE, PETIT... FAIS ATTENTION !!
AH, LONG-NEZ ! TU ÉTAIS LÀ... JE NE ME FERAI JAMAIS À TA VOIX NASILLARDE !
BON COURAGE, GARÇON !
HEU... MERCI ! JE CROIS EN EFFET QUE J'EN AURAI BESOIN ! MAIS... POURQUOI GARDEZ-VOUS CE MASQUE ? L'INTERMEZZO EST FINI !!
BON CHIEN... MON MASQUE, OUI... CHACUN A SES PETITES MALADIES DANS CE BAS-MONDE ! UN VILAIN ECZÉMA ME RONGE LE VISAGE !! J'ÉVITE AINSI À MES AMIS D'AVOIR À SE DÉTOURNER DE MOI !!!
A3
NE TARDONS PLUS, NOSTROROW ! DONNEZ-MOI UNE COMBINAISON, QUE JE ME RENDE DANS CETTE BULLE !!!
TOUT DE SUITE, NEIGE... TU DISPOSERAS D'UNE AUTONOMIE DE DEUX HEURES, CELA DEVRAIT TE SUFFIRE !!
36

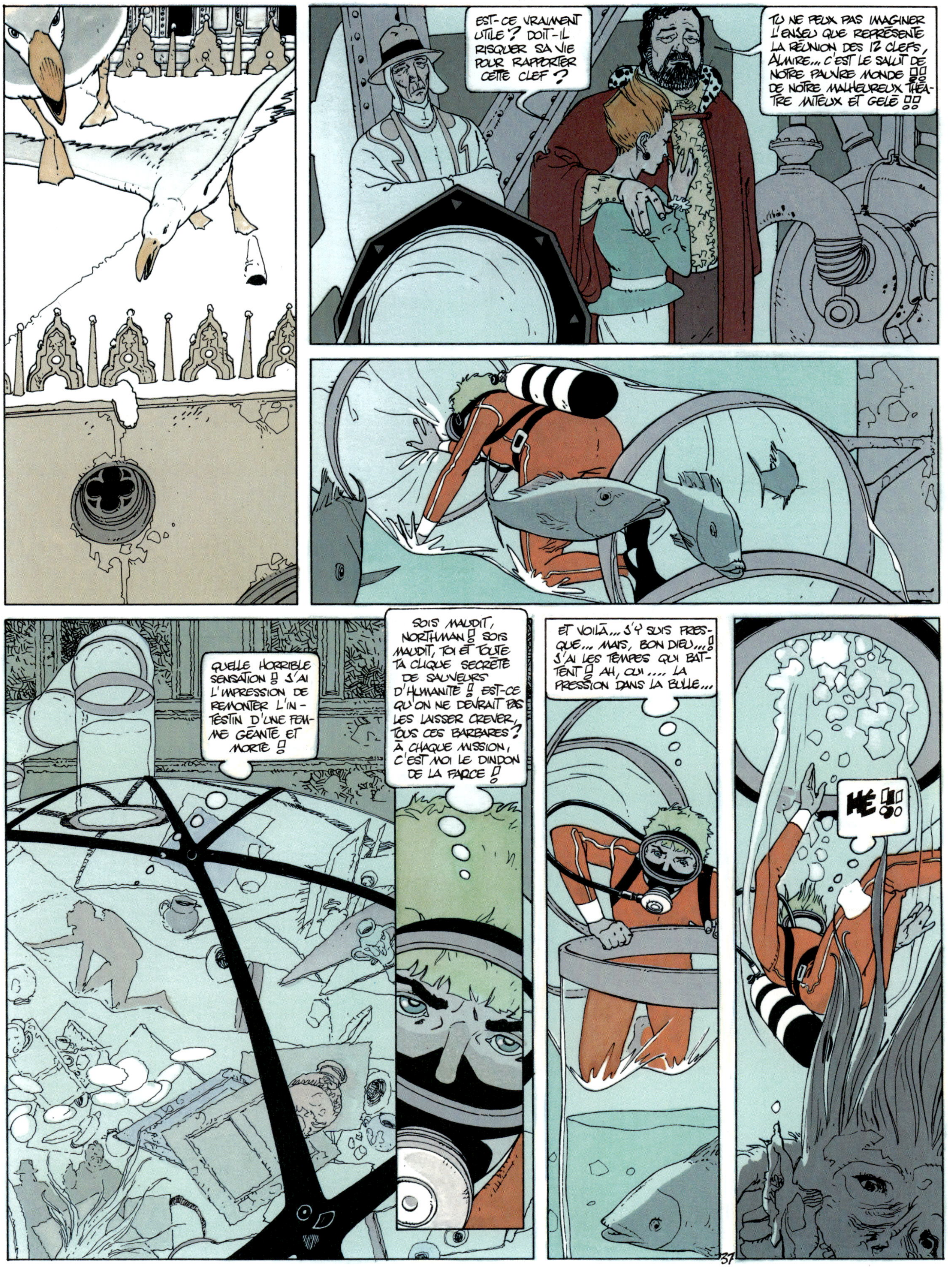
EST-CE VRAIMENT UTILE ? DOIT-IL RISQUER SA VIE POUR RAPPORTER CETTE CLEF ?
TU NE PEUX PAS IMAGINER L'ENJEU QUE REPRÉSENTE LA RÉUNION DES 12 CLEFS, ALMIRE... C'EST LE SALUT DE NOTRE PAUVRE MONDE !! DE NOTRE MALHEUREUX THÉÂTRE MITEUX ET GELÉ !!
QUELLE HORRIBLE SENSATION ! J'AI L'IMPRESSION DE REMONTER L'INTESTIN D'UNE FEMME GÉANTE ET MORTE !
SOIS MAUDIT, NORTHMAN ! SOIS MAUDIT, TOI ET TOUTE TA CLIQUE SECRÈTE DE SAUVEURS D'HUMANITÉ ! EST-CE QU'ON NE DEVRAIT PAS LES LAISSER CREVER, TOUS CES BARBARES ? À CHAQUE MISSION, C'EST MOI LE DINDON DE LA FARCE !
ET VOILÀ... J'Y SUIS PRESQUE... MAIS, BON DIEU... ! J'AI LES TEMPES QUI BATTENT ! AH, OUI.... LA PRESSION DANS LA BULLE...
HÉ !!

ENFIN ! LA CLEF... MAIS, COMME J'AI MAL À LA TÊTE.... JE
REGARDE, NOSTROROM ! ON DIRAIT QU'IL A UN MALAISE...
TU AS SURESTIMÉ SES CAPACITÉS, DOGE ! CE GAMIN ÉTAIT À PEINE REMIS DE SON PLONGEON DANS LE CANAL, ET TU L'AS ENVOYÉ DANSER AVEC LA MORT !!!
TAIS-TOI DONC, VIEILLE BIQUE !
AURAIS-JE ASSEZ DE FORCE POUR REVENIR...?
...JE...J'AI LE COEUR QUI VA ÉCLATER !
NORTHMAN... TOUT PUE LA CRÈVE, DANS CE MONDE ! TOUT... C'EST À CAUSE DE TOI... DE TOI... QUE JE SUIS LÀ...
CETTE NUIT, NEIGE M'A DIT QU'IL QUITTERAIT VENISE AUJOURD'HUI ... AU COUCHER DU SOLEIL.
38
SA SEMENCE NE SERA PAS ENCORE FROIDE EN MOI QU'IL NE SERA PLUS DE CE MONDE !

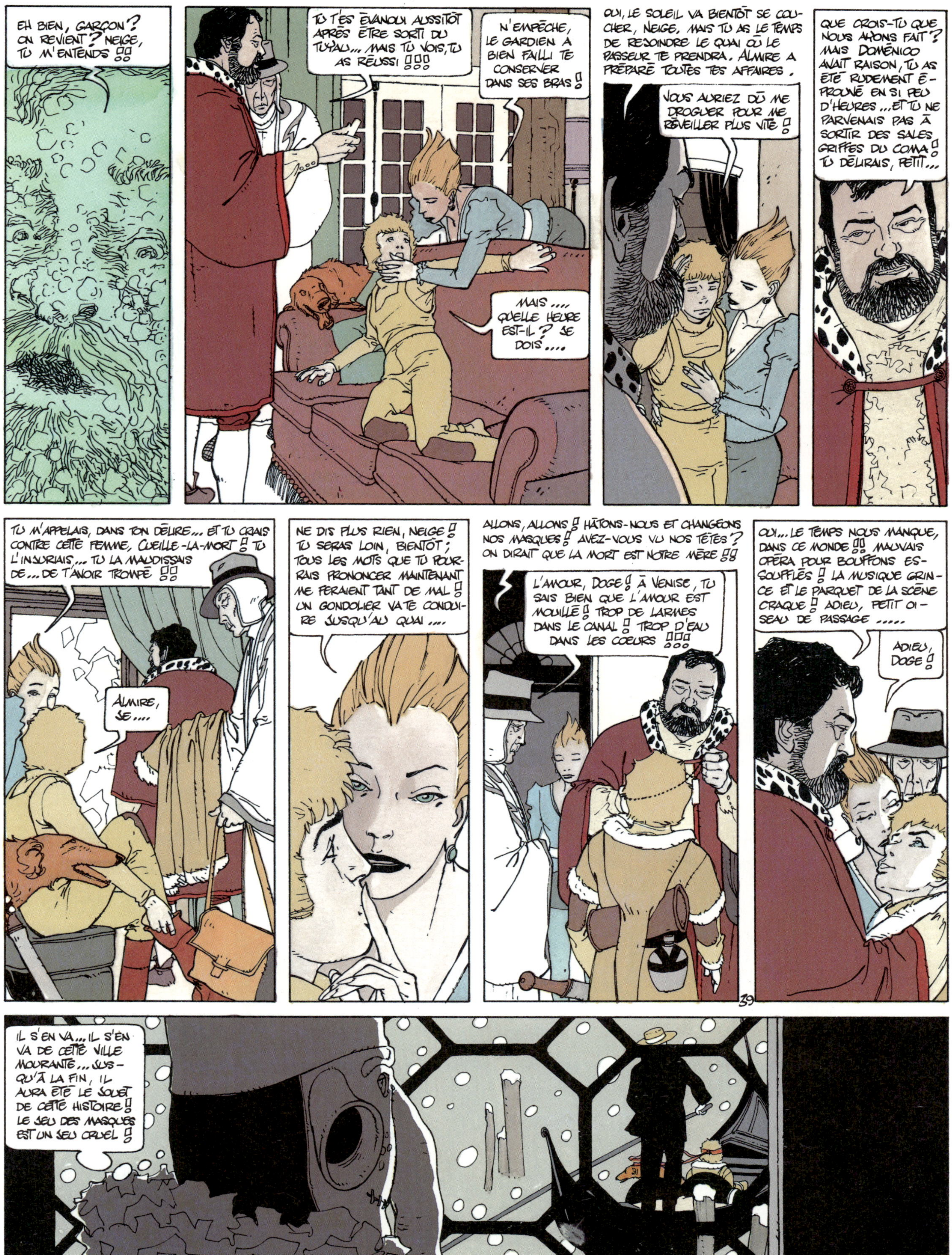
EH BIEN, GARÇON? ON REVIENT? NEIGE, TU M'ENTENDS !!
TU T'ES ÉVANOUI AUSSITÔT APRÈS ÊTRE SORTI DU TUYAU... MAIS TU VOIS, TU AS RÉUSSI !!!
N'EMPÊCHE, LE GARDIEN A BIEN FAILLI TE CONSERVER DANS SES BRAS !
MAIS... QUELLE HEURE EST-IL? JE DOIS...
OUI, LE SOLEIL VA BIENTÔT SE COUCHER, NEIGE, MAIS TU AS LE TEMPS DE REJOINDRE LE QUAI OÙ LE PASSEUR TE PRENDRA. ALMIRE A PRÉPARÉ TOUTES TES AFFAIRES.
VOUS AURIEZ DÛ ME DROGUER POUR ME RÉVEILLER PLUS VITE !
QUE CROIS-TU QUE NOUS AYONS FAIT? MAIS DOMÉNICO AVAIT RAISON, TU AS ÉTÉ RUDEMENT ÉPROUVÉ EN SI PEU D'HEURES... ET TU NE PARVENAIS PAS À SORTIR DES SALES GRIFFES DU COMA ! TU DÉLIRAIS, PETIT...
TU M'APPELAIS, DANS TON DÉLIRE... ET TU CRAIS CONTRE CETTE FEMME, CUEILLE-LA-MORT ! TU L'INJURIAIS... TU LA MAUDISSAIS DE... DE T'AVOIR TROMPÉ !!
ALMIRE, JE...
NE DIS PLUS RIEN, NEIGE ! TU SERAS LOIN, BIENTÔT; TOUS LES MOTS QUE TU POURRAIS PRONONCER MAINTENANT ME FERAIENT TANT DE MAL ! UN GONDOLIER VA TE CONDUIRE JUSQU'AU QUAI...
ALLONS, ALLONS ! HÂTONS-NOUS ET CHANGEONS NOS MASQUES ! AVEZ-VOUS VU NOS TÊTES? ON DIRAIT QUE LA MORT EST NOTRE MÈRE !!
L'AMOUR, DOGE ! À VENISE, TU SAIS BIEN QUE L'AMOUR EST MOUILLÉ ! TROP DE LARMES DANS LE CANAL ! TROP D'EAU DANS LES COEURS !!!
OUI... LE TEMPS NOUS MANQUE, DANS CE MONDE !! MAUVAIS OPÉRA POUR BOUFFONS ESSOUFFLÉS ! LA MUSIQUE GRINCE ET LE PARQUET DE LA SCÈNE CRAQUE ! ADIEU, PETIT OISEAU DE PASSAGE.....
ADIEU, DOGE !
IL S'EN VA... IL S'EN VA DE CETTE VILLE MOURANTE... JUSQU'À LA FIN, IL AURA ÉTÉ LE JOUET DE CETTE HISTOIRE ! LE JEU DES MASQUES EST UN JEU CRUEL !

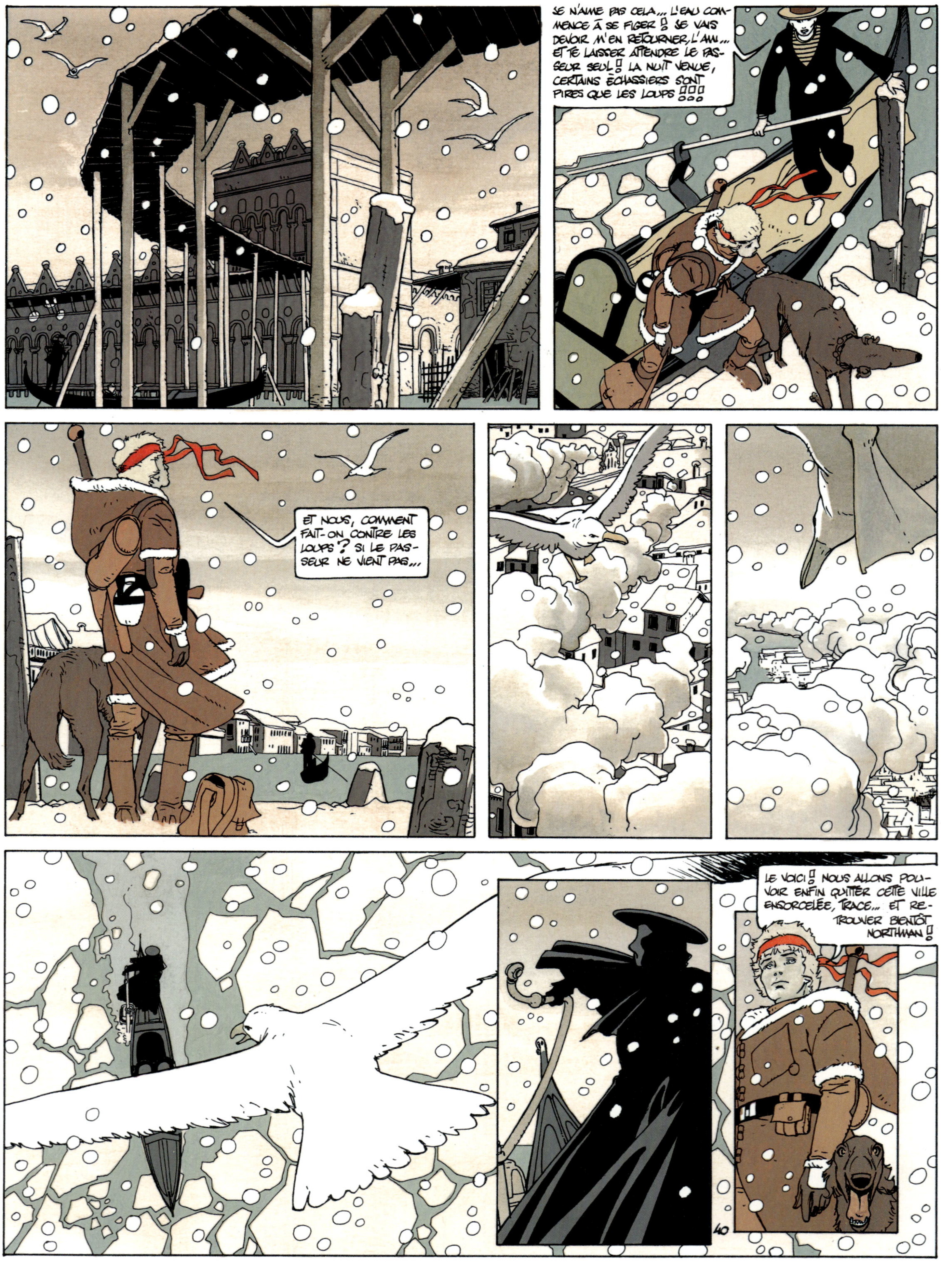
SE N'AIME PAS CELA... L'EAU COMMENCE À SE FIGER ! SE VAIS DEVOIR M'EN RETOURNER, L'AMI... ET TE LAISSER ATTENDRE LE PASSEUR SEUL ! LA NUIT VENUE, CERTAINS ÉCHASSIERS SONT PIRES QUE LES LOUPS !!!
ET NOUS, COMMENT FAIT-ON CONTRE LES LOUPS ? SI LE PASSEUR NE VIENT PAS...
LE VOICI ! NOUS ALLONS POUVOIR ENFIN QUITTER CETTE VILLE ENSORCELÉE, TRACE... ET RETROUVER BIENTÔT NORTHMAN !

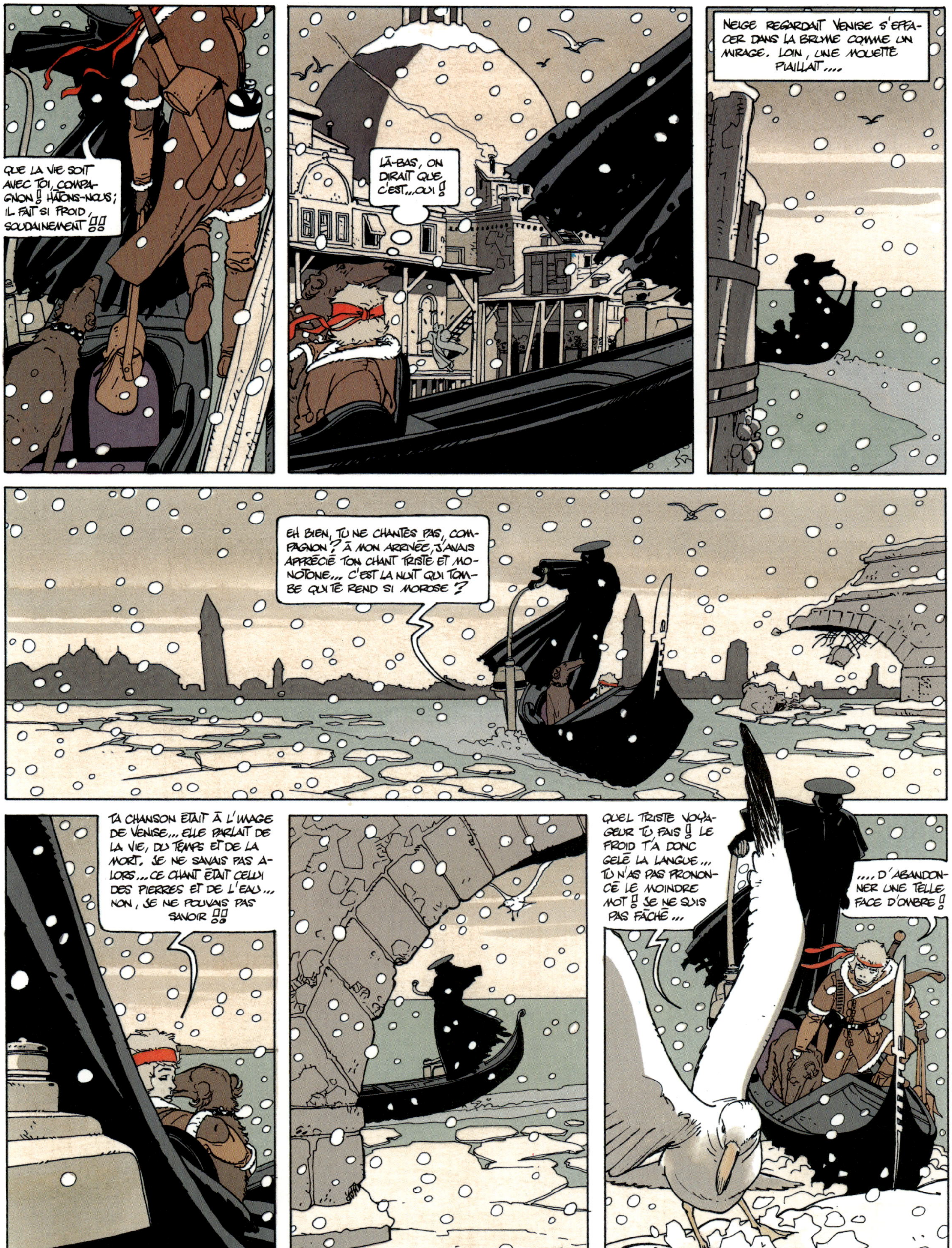
QUE LA VIE SOIT AVEC TOI, COMPAGNON ! HÂTONS-NOUS ; IL FAIT SI FROID, SOUDAINEMENT !!
LÀ-BAS, ON DIRAIT QUE C'EST... OUI !
NEIGE REGARDAIT VENISE S'EFFACER DANS LA BRUME COMME UN MIRAGE. LOIN, UNE MOUETTE PIAILLAIT...
EH BIEN, TU NE CHANTES PAS, COMPAGNON ? À MON ARRIVÉE, J'AVAIS APPRÉCIÉ TON CHANT TRISTE ET MONOTONE... C'EST LA NUIT QUI TOMBE QUI TE REND SI MOROSE ?
TA CHANSON ÉTAIT À L'IMAGE DE VENISE... ELLE PARLAIT DE LA VIE, DU TEMPS ET DE LA MORT. JE NE SAVAIS PAS ALORS... CE CHANT ÉTAIT CELUI DES PIERRES ET DE L'EAU... NON, JE NE POUVAIS PAS SAVOIR !!
QUEL TRISTE VOYAGEUR TU FAIS ! LE FROID T'A DONC GELÉ LA LANGUE... TU N'AS PAS PRONONCÉ LE MOINDRE MOT ! JE NE SUIS PAS FÂCHÉ...
...D'ABANDONNER UNE TELLE FACE D'OMBRE !

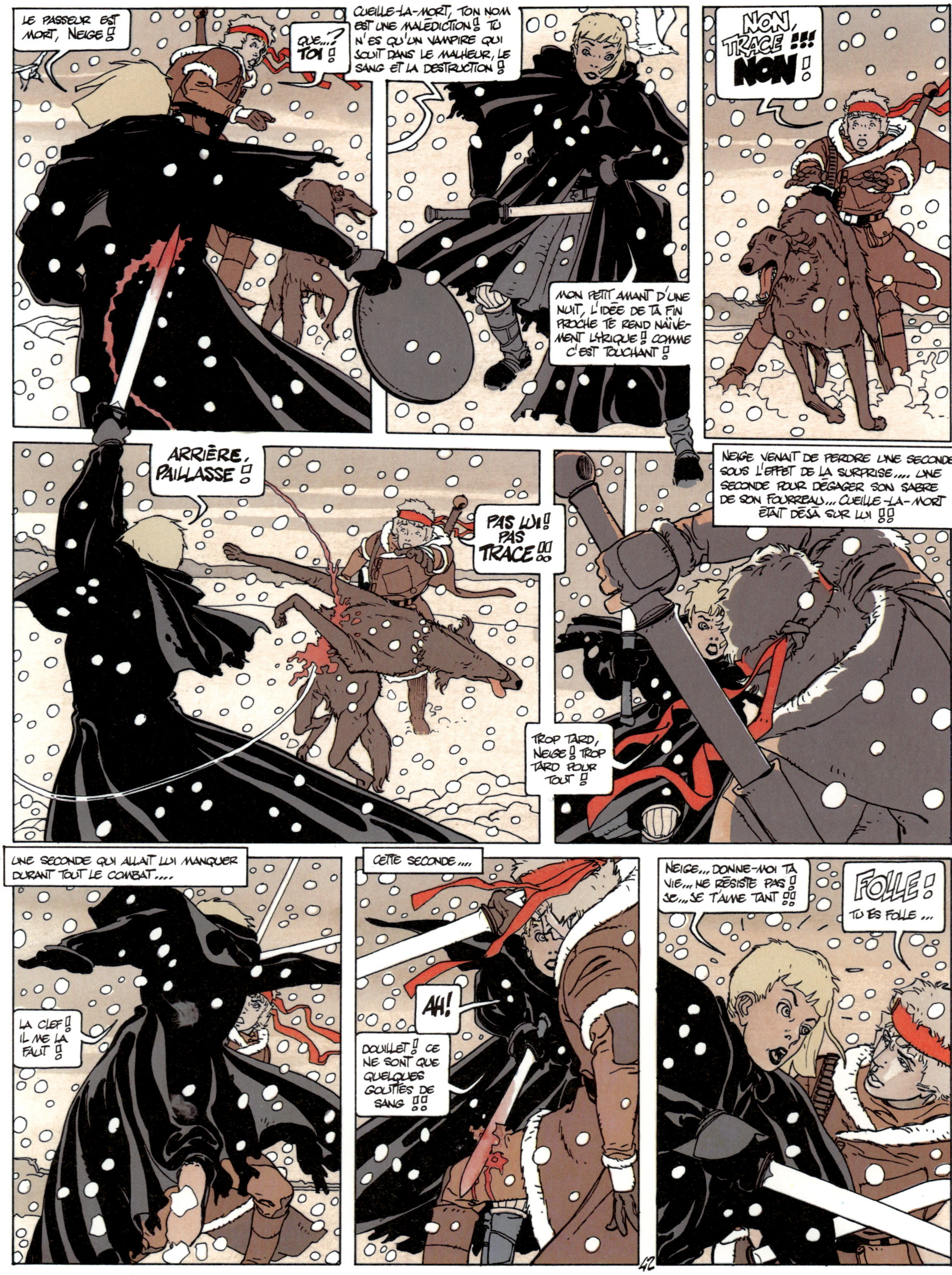
LE PASSEUR EST MORT, NEIGE !!
QUE...? TOI !
CUEILLE-LA-MORT, TON NOM EST UNE MALÉDICTION ! TU N'ES QU'UN VAMPIRE QUI SUIT DANS LE MALHEUR, LE SANG ET LA DESTRUCTION !
MON PETIT AMANT D'UNE NUIT, L'IDÉE DE TA FIN PROCHE TE REND NAÏVEMENT LYRIQUE ! COMME C'EST TOUCHANT !
NON, TRACE !!! NON !
ARRIÈRE, PAILLASSE !
PAS LUI ! PAS TRACE !!
NEIGE VENAIT DE PERDRE UNE SECONDE SOUS L'EFFET DE LA SURPRISE.... UNE SECONDE POUR DÉGAGER SON SABRE DE SON FOURREAU... CUEILLE-LA-MORT ÉTAIT DÉJÀ SUR LUI !!
TROP TARD, NEIGE ! TROP TARD POUR TOUT !
UNE SECONDE QUI ALLAIT LUI MANQUER DURANT TOUT LE COMBAT....
LA CLEF ! IL ME LA FAUT !
CETTE SECONDE....
AH !
DOUILLET ! CE NE SONT QUE QUELQUES GOUTTES DE SANG !!
NEIGE... DONNE-MOI TA VIE... NE RÉSISTE PAS ! JE... JE T'AIME TANT !!
FOLLE ! TU ES FOLLE ...
42

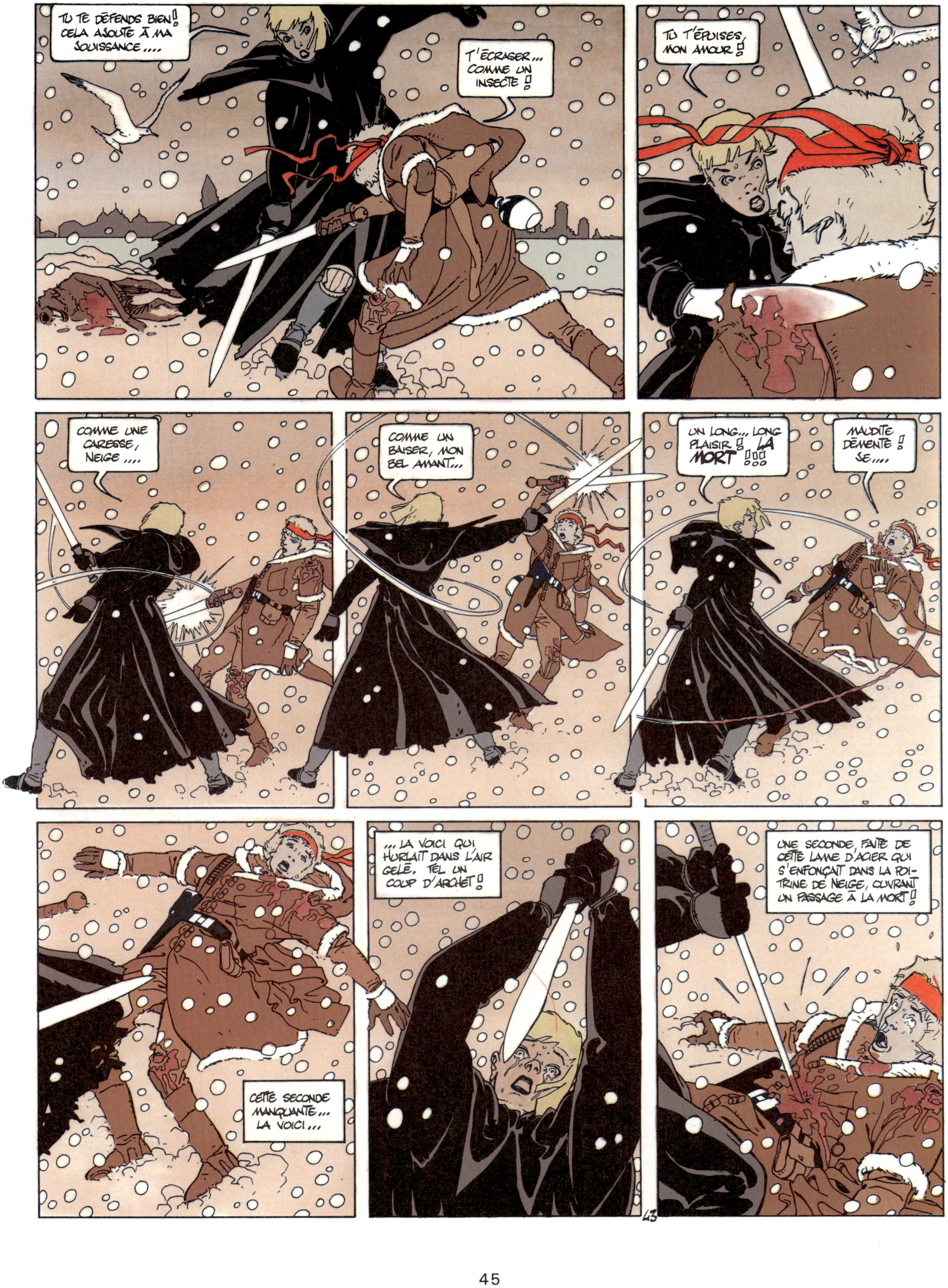
TU TE DÉFENDS BIEN ! CELA AJOUTE À MA JOUISSANCE....
T'ÉCRASER... COMME UN INSECTE !
TU T'ÉPUISES, MON AMOUR !
COMME UNE CARESSE, NEIGE....
COMME UN BAISER, MON BEL AMANT...
UN LONG... LONG PLAISIR ! LA MORT !!!
MAUDITE DÉMENTE ! SE....
CETTE SECONDE MANQUANTE... LA VOICI...
... LA VOICI QUI HURLAIT DANS L'AIR GELÉ, TEL UN COUP D'ARCHET !
UNE SECONDE, FAITE DE CETTE LAME D'ACIER QUI S'ENFONÇAIT DANS LA POITRINE DE NEIGE, OUVRANT UN PASSAGE À LA MORT !
43

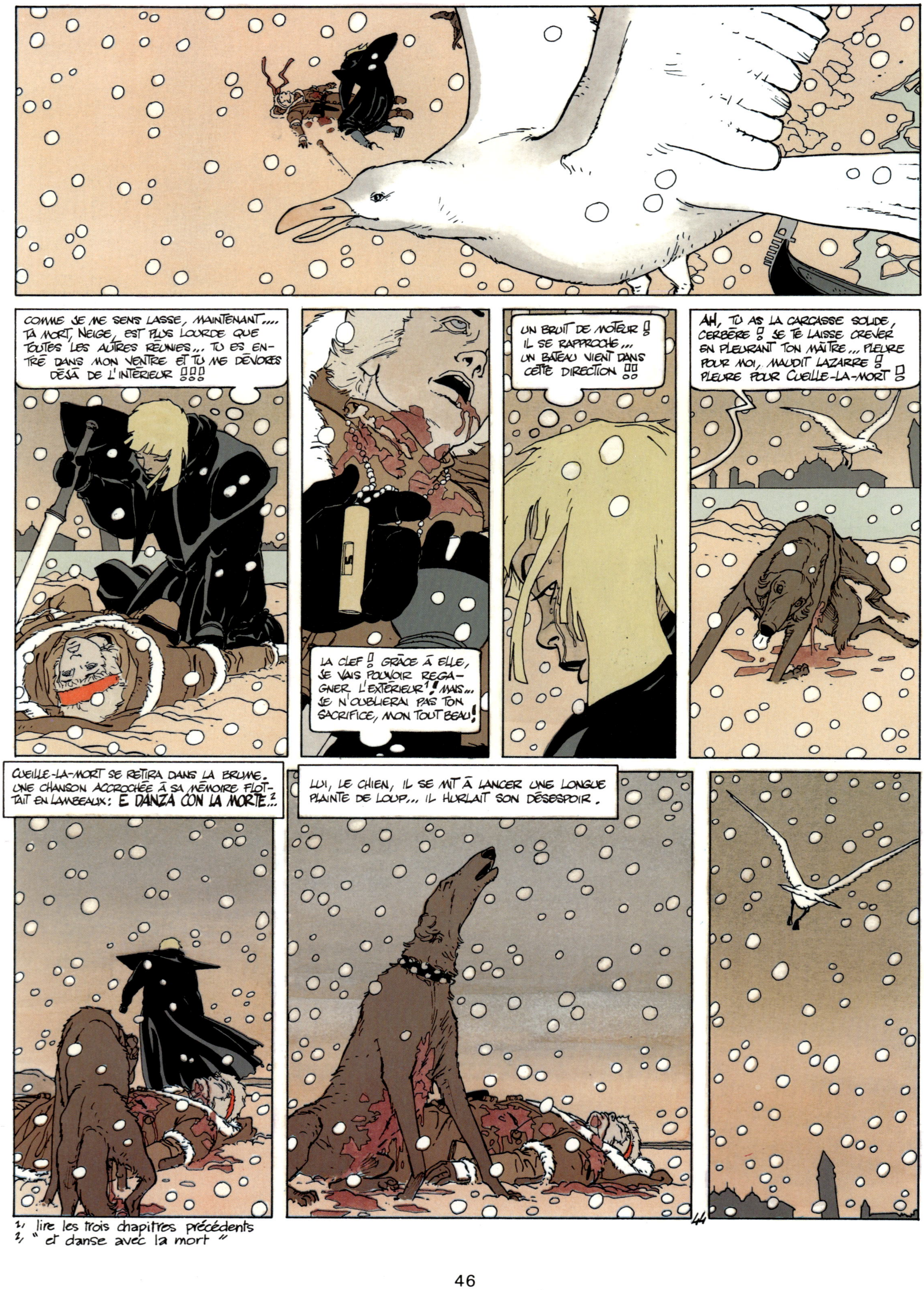

1. lire les trois chapitres précédents
2. " et danse avec la mort "

Le Christ n'est
pas mort
Il danse encore
La Vierge rit
Jésus se marie

Le Christ n'est
pas mort
Il aime encore
Madeleine
l'enlace
Judas l'embrasse

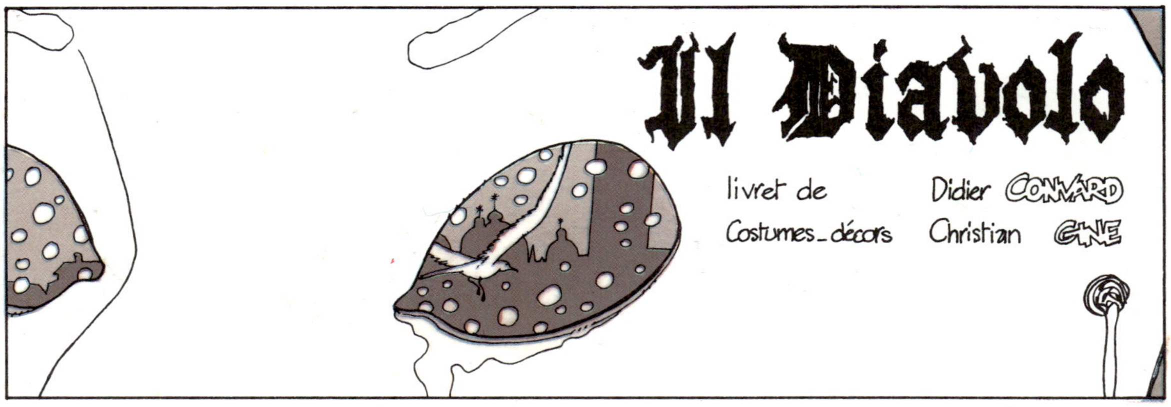

Le Christ n'est
pas mort
Il joue encore
Il vole dans les
nuages
Jésus n'est pas
sage

Le Christ n'est
pas mort
Il triche encore
Il marche sur
l'eau gelée
Avec ses pieds
palmés

Ne crois pas mon
histoire
Je t'ai menti ce
soir
Le Christ est bien
mort
L'Amour est
mort

46

Impression et reliure : Pollina s.a., 85400 Luçon - n° 13805 — Dépôt légal : mai 1991